Rosâng

Évaluation du programme de santé à l'école dans la municipalité de Três Rios/RJ

Rosângela M. de Lima Paschoaletto
Maria Isabel M. Liberto

Évaluation du programme de santé à l'école dans la municipalité de Três Rios/RJ

Évaluation comparative de l'impact du programme "Santé à l'école" sur les notions d'hygiène des élèves de l'école primaire de Três Rios

ScienciaScripts

Cover image: www.ingimage.com

This book is a translation from the original published under ISBN 978-613-9-60311-4.

Publisher:
Sciencia Scripts
is a trademark of
Dodo Books Indian Ocean Ltd. and OmniScriptum S.R.L publishing group

120 High Road, East Finchley, London, N2 9ED, United Kingdom
Str. Armeneasca 28/1, office 1, Chisinau MD-2012, Republic of Moldova, Europe

ISBN: 978-620-7-27336-2

Dédicace :

Je dédie ce travail à Dieu qui m'a donné, ainsi qu'à toute ma famille, force et courage, en particulier à mon mari Saulo Paschoaletto, qui a cru en mon potentiel, et à ma fille Taynara, pour les moments d'attention qui lui ont été retirés au profit de ce travail. À ma sœur Josiane, qui a toujours été à mes côtés. À mon superviseur, le professeur Isabel, qui a joué le rôle d'une mère en m'accueillant dans les moments de tension. À mes parents, amis et proches, en particulier, "*in memorian*", à mon défunt cousin Daniele de Castro Lima, qui m'a encouragée dans cette réalisation.

REMERCIEMENTS

A Dieu.

A la Fondation CECIERJ, pour l'opportunité d'étudier.

À ma directrice de thèse, Maria Isabel Madeira Liberto, pour sa confiance, son soutien, son dévouement, son enseignement et son accompagnement, qui ont intensément contribué à mon travail de fin d'études.

Au professeur Maulori Curié Cabral pour sa sagesse.

Au professeur[1] Ana Cristina Pantoja pour son amitié.

Au tuteur Saulo Paschoaletto pour son dévouement.

À mon amie Renata Odete Azevedo Souza pour son aide précieuse et sa participation à ce travail.

À la directrice (du Centre Três Rios), Prof Ana Paula Rocha et à tout le personnel du Centre Três Rios pour leur soutien et leur dévouement.

Aux tuteurs coordinateurs de la biologie au Centre Três Rios, Prof[s] Nícia Junqueira et Prof[s] Carolina Martins Kamiyama.

A mes amis du stage et du Centre, en particulier Josiane Figueira, pour avoir été à mes côtés dans les bons et les mauvais moments de ce long voyage.

À mes parrains Vânia Maria, Admir Amaro, Xenia Maria et Jorge Evaristo pour leurs paroles de sagesse et de réconfort.

À ma sœur bien-aimée Patrícia Marques de Lima Oliveira et à mes parents pour leurs encouragements et pour avoir cru en ma victoire.

À ma famille, qui est la raison pour laquelle j'ai remporté cette victoire.

À toutes les personnes qui ont participé d'une manière ou d'une autre à ce voyage, je dis merci beaucoup.

Et vous apprenez qu'aimer ne signifie pas subvenir à vos besoins, et que la compagnie n'est pas toujours synonyme de sécurité. Vous apprenez à construire toutes vos routes aujourd'hui, parce que le terrain de demain est trop incertain pour faire des plans et que l'avenir a l'habitude de passer à travers les mailles du filet. Vous apprenez que, même si vous vous souciez beaucoup des autres, certaines personnes ne s'en soucient tout simplement pas... Et acceptez que, quelle que soit la qualité d'une personne, elle vous blessera de temps en temps et que vous devrez lui pardonner pour cela. Apprenez que la parole peut guérir la douleur émotionnelle. Découvrez qu'il faut des années pour construire la confiance et seulement quelques secondes pour la détruire. Vous apprendrez que les vraies amitiés continuent à se développer même sur de longues distances. Et que ce qui compte, ce n'est pas ce que vous avez dans votre vie, mais qui vous avez dans votre vie. Vous découvrez que les personnes auxquelles vous tenez le plus dans la vie vous sont retirées très rapidement... c'est pourquoi vous devez toujours quitter les personnes que vous aimez avec des mots affectueux ; c'est peut-être la dernière fois que vous les voyez. Apprenez qu'il ne suffit pas toujours d'être pardonné par quelqu'un... Il faut parfois apprendre à se pardonner soi-même. Et apprenez que vous pouvez vraiment endurer... Que l'on est vraiment fort, et que l'on peut aller beaucoup plus loin après avoir pensé que l'on ne pouvait pas aller plus loin. Et que la vie a vraiment de la valeur et que vous avez de la valeur face à la vie !

Willian Shakespeare

RÉSUMÉ

Cette étude vise à évaluer l'effet du Programme de santé scolaire (PSE) dans trois écoles publiques de la ville de Três Rios - RJ, après un an de mise en œuvre. Le PSE est le résultat d'un partenariat entre les ministères de la santé et de l'éducation et vise à renforcer la prévention sanitaire chez les élèves brésiliens et à instaurer une culture de l'intégration dans les écoles. Cette évaluation a comparé les connaissances des principes d'hygiène rapportées par les élèves des trois écoles publiques (EPB) incluses dans le PSE et les élèves de trois écoles publiques (EPC), qui ne participent pas au programme. Sur les 254 élèves qui ont répondu à l'entretien écrit de 10 questions, 92 proviennent de l'EPB et 162 de l'EPC. L'analyse globale des données, indépendamment du type d'école, a révélé que : 48,4 % des élèves sont des garçons et 51,6 % des filles ; plus de 80 % des élèves sont issus de familles vivant dans leur propre maison. Les réponses données aux questions sur l'hygiène corporelle et les habitudes d'hygiène bucco-dentaire étaient statistiquement similaires entre les deux groupes d'élèves. Elles ont également révélé que plus de 50 % d'entre eux, quel que soit le type d'école, connaissaient l'importance de l'hygiène bucco-dentaire pour prévenir les caries. Les résultats de cette étude montrent que l'EPS a contribué à l'intégration culturelle des élèves des écoles publiques en matière d'hygiène, puisque les études publiées sur ce type d'analyse décrivent une supériorité de l'EPC par rapport au BPS. Les résultats suggèrent également que les élèves des écoles publiques, qui ne sont pas inclus dans l'EPS, reçoivent les connaissances souhaitées, soit par l'éducation familiale, soit par les concepts de promotion de la santé inclus dans le programme scolaire. La mise en œuvre de l'EPS s'est avérée pertinente à court terme pour l'enseignement des habitudes d'hygiène dans les BPS et comme facteur de diagnostic de l'état de santé des élèves. A long terme, il est à espérer que l'EPS devienne un facteur d'importance réelle pour les questions liées à l'hygiène personnelle et collective, car les lacunes qui existent aujourd'hui dans l'éducation familiale seront progressivement comblées dans les générations futures, plaçant les élèves de BPS dans une situation similaire, voire meilleure, que les élèves du CPE, en ce qui concerne les notions d'hygiène.

Mots clés : santé bucco-dentaire ; santé scolaire ; hygiène et santé ; habitudes d'hygiène.

4

RÉSUMÉ

CHAPITRE 1

INTRODUCTION

1.1 L'ÉDUCATION À LA SANTÉ - UNE RÉTROSPECTIVE

Selon l'Organisation mondiale de la santé (OMS), "la santé est l'état de complet bien-être physique, mental et social, et ne consiste pas seulement en une absence de maladie" (OMS, 1946). Cela signifie donc qu'il ne faut pas s'attendre à ce que les individus soient en bonne santé à 100 %, mais plutôt à ce qu'ils soient dans un état de santé ou de maladie tout au long de leur vie. "L'importance de l'éducation pour la promotion de la santé est indéniable et est reconnue comme un facteur essentiel pour l'amélioration de la qualité de vie" (PELICIONI, 2007). Parmi les différents domaines des services de santé, Vasconcelos, *apud* Alves (2005), dans son travail de 1989 à 1999, a mis en évidence les centres de soins primaires comme un contexte privilégié pour développer des pratiques éducatives dans le domaine de la santé. Lorsque les auteurs ont mentionné les centres de soins primaires, ils faisaient probablement référence aux unités de santé, qui constituent un pont entre le gouvernement et la population. La population a manifesté sa confiance dans le travail commun que les unités de santé réalisent actuellement pour améliorer la qualité de vie des communautés.

L'éducation à la santé est un domaine de pratique et de connaissance dans le secteur de la santé qui a été plus directement concerné par la création de liens entre les soins et la pensée et les actions quotidiennes de la population, l'amélioration du concept entre la santé et l'éducation, la création de liens plus fiables et l'importance de travailler ensemble entre les secteurs et la population dans son ensemble, afin d'améliorer de plus en plus la qualité de vie de l'ensemble de la population. Différentes conceptions et pratiques ont marqué l'histoire de l'éducation à la santé au Brésil, mais jusqu'aux années 1970, l'éducation à la santé était essentiellement une initiative des élites politiques et économiques et donc subordonnée à leurs intérêts (BRASIL, 2007b).

Les actions d'éducation à la santé entraînent des mouvements vers la participation de la société à la gestion des politiques de santé publique, en les orientant vers le respect des lignes directrices et des principes du SUS, dans lequel tous les citoyens se voient garantir leurs droits sans aucune discrimination, à savoir : l'universalité, l'exhaustivité, l'équité, la décentralisation, la participation et le contrôle social (BRASIL, 2007b).

Depuis le Moyen Âge, l'Europe croyait déjà à l'importance de l'éducation à la santé et recommandait un régime alimentaire correct, des pratiques d'hygiène adéquates et des heures de sommeil prolongées pour que les gens vivent mieux et plus longtemps (PELICIONI, 2007). Dès le début du XIXe siècle, l'enseignement des pratiques d'hygiène en Europe faisait partie de la formation des étudiants en médecine et, par conséquent, on s'est préoccupé d'adopter un domaine connexe, connu sous le nom d'éducation à la santé. En 1813, l'hygiène fait partie du programme d'études de la faculté de médecine de Rio de Janeiro, connue à l'époque sous le nom d'école d'anatomie, de chirurgie et de médecine de Rio de Janeiro. En 1825, la matière a été rebaptisée Hygiène générale et privée et, à partir de 1833, elle a fait partie de la troisième année de médecine sous le nom d'Hygiène et histoire de la médecine, d'une durée de trois ans (PELICIONI, 2007).

En 1891, les facultés de médecine de Rio de Janeiro et de Bahia ont maintenu la discipline entre les sciences relatives à la statique et à la dynamique de l'homme sain et de l'homme malade, selon le Dictionnaire historico-bibliographique des sciences de la santé au Brésil (1832-1930) *apud* Pelicioni (2007).

Au milieu du 19e siècle, des programmes ont été élaborés aux États-Unis pour aider à éduquer le public sur les questions de santé. En outre, on s'est rendu compte qu'il était extrêmement important de développer des programmes d'éducation à la santé dans les écoles, car on pensait qu'au sein des écoles, l'information fonctionnait comme un écho, atteignant au moins une minorité et essayant ainsi de changer les idées fausses des gens sur ce qui n'était pas clair à l'époque (PELICIONI, 2007, p.320). Des études ont montré que "ce n'est qu'avec la participation de la communauté que la durabilité et l'efficacité des actions de santé peuvent être assurées" (ALVES, 2005, p. 48).

Tout au long du XIXe siècle et au début du XXe siècle, des recherches menées en Europe ont révélé l'influence de vecteurs ou d'intermédiaires dans la transmission des maladies, renforçant ainsi la théorie microbienne de la maladie (ROSEN, 1994). À cette époque, les maladies qui touchaient la population étaient associées à des environnements sales, au manque d'approvisionnement et de traitement de l'eau et aux égouts à ciel ouvert, entre autres. Cette période a été appelée l'ère microbienne ou bactérienne et a été fortement accentuée par le fait que de nombreuses maladies survenues à l'époque ont été causées par la négligence et le manque de connaissances des gens (PELICIONI, 2007).

Au Brésil, jusqu'au début du 20ème siècle, les préoccupations étaient centrées sur les épidémies causées par le manque d'habitudes d'hygiène. À cette époque, les gens connaissaient mal le développement des maladies et ne faisaient pas le lien entre les infections et la négligence de l'hygiène corporelle et environnementale (FIOCRUZ, 2003).

Sur la base de ces connaissances, il convient de rappeler l'importance pour la population de la gestion du médecin et hygiéniste Oswaldo Cruz dans les services de santé fédéraux au début du 19e siècle et au début du 20e siècle, lorsqu'il a fait face à de grandes épidémies et a marqué le pays de tout le processus de modernisation visant à améliorer les conditions de vie des Brésiliens. Jusqu'à ce qu'il parvienne à changer la conscience de la population en matière de santé, Oswaldo Cruz a été critiqué pour avoir mis en œuvre de sérieuses politiques d'assainissement. Il affronte le Congrès national et la colère de la population lors de la révolte des vaccins en 1904, mais il ne se laisse pas abattre par les critiques. Il poursuit son travail, basé sur ses recherches et, à partir de celles-ci, élucide divers mystères liés à la santé des êtres humains et de leur environnement, clarifie les causes des maladies, démystifie des concepts tels que, par exemple, le fait que les problèmes puissent être résolus par des mesures d'hygiène ou de santé publique, par exemple, que les problèmes pouvaient s'expliquer par des caractéristiques raciales, le climat chaud des tropiques et même les lier à la paresse, comme le montre clairement l'œuvre de Monteiro Lobato, avec le personnage de Jeca Tatu qui défend que "l'homme n'est pas comme ça parce qu'il est paresseux, mais parce qu'il est malade" (FIOCRUZ, 2003, p. 48).48).

Le travail et les idéaux d'Oswaldo Cruz étaient d'une importance capitale et le sont encore aujourd'hui, puisque nous avons une légion de scientifiques et d'intellectuels qui travaillent sans relâche à la poursuite de son œuvre (FIOCRUZ, 2003).

Aujourd'hui, on est déjà conscient de l'importance d'inclure des programmes d'éducation et de santé dans le programme scolaire, et la promotion de la santé et la prévention des infections sont considérées comme une priorité. Les écoles ne peuvent à elles seules accomplir cette tâche, mais elles peuvent contribuer à faire en sorte que la population elle-même et les responsables gouvernementaux y accordent une plus grande attention (BRASIL, 2007b).

Le fait que ce travail soit réalisé dans les écoles signifie qu'il ne se limite pas aux écoliers, mais qu'indirectement, les membres de la famille et toutes les personnes qui entourent l'élève sont également impliquées, ce qui en fait un effort commun pour diffuser l'information à d'autres personnes.

La situation dans laquelle vivent les personnes se traduit, dans la plupart des cas, par leur état de santé, associé à des facteurs biologiques (âge, sexe, génétique) et à l'environnement physique (conditions de logement, disponibilité d'eau adaptée à l'usage, conditions sanitaires, alimentation, hygiène). D'autres paramètres évalués, tels que les conditions sociales (types d'occupation et de revenus, loisirs, habitudes, possibilité d'accès aux services de santé visant à promouvoir et à recouvrer la santé et à prévenir les infections) et la qualité des services fournis, sont également utilisés dans cette évaluation (PELICIONI, 2007).

La promotion de la santé passe par l'éducation, l'adoption de modes de vie sains, le développement des compétences et des capacités individuelles et la création d'un environnement sain. L'éducation a un rôle clé à jouer, car elle conditionne la formation d'attitudes essentielles dans la population (PORTAL MEC, 2012).

1.2 PROGRAMME DE SANTÉ SCOLAIRE (PSE)

Le PSE, créé par le décret présidentiel n° 6.286 du 5 décembre 2007, est le résultat d'un travail intégré entre le ministère de la santé et le ministère de l'éducation, en vue d'étendre les actions spécifiques de promotion de la santé aux élèves du système scolaire public : école primaire, école secondaire, réseau fédéral d'enseignement professionnel et technologique, et éducation des jeunes et des adultes (BRASIL, 2007a et ANNEXE 9).

Le projet vise à renforcer l'intégration entre les équipes des unités de santé et les écoles de leur zone de recrutement, dans le but de promouvoir des actions de santé visant à aider les élèves, leurs familles et la communauté locale (ANNEXE 9).

Les secteurs de l'éducation et de la santé sont interconnectés dans le domaine des politiques publiques, car ils sont basés sur l'universalisation des droits fondamentaux, qui encouragent la proximité entre les citoyens dans tout le pays. Dans cette optique, des années 1950 à l'an 2000, en passant par diverses périodes entre la re-démocratisation du Brésil et la Constitution fédérale de 1988, des tentatives ont été faites pour se concentrer sur l'environnement scolaire, en insérant les étudiants dans une perspective de santé (BRASIL, 2009b).

1.3 PROJET DE SANTÉ À L'ÉCOLE DANS LA MUNICIPALITÉ DE TRÊS RIOS

L'une des conditions de base pour adhérer au programme était la préparation d'un projet municipal par le groupe de travail intersectoriel (GTI), qui décrivait la situation générale de la municipalité et l'importance de l'adhésion au PSE pour la population de la ville de Três Rios. Dans ce projet, la municipalité a été délimitée par les zones couvertes par les équipes de santé familiale (ESF) et les écoles qui composent chaque territoire ont également été définies. Des informations ont été présentées sur les déterminants sociaux, le scénario épidémiologique de la municipalité et le type d'éducation des écoles qui travaillent aux côtés des ESF et qui seront impliquées dans l'EPS. Le nombre d'écoles et d'élèves de chaque établissement participant au programme a été quantifié.

Selon le Secrétariat municipal à la santé (SMS), la municipalité de Três Rios comptait en 2010 76 075 habitants, 21 équipes de santé familiale actives, 43 écoles publiques et 17098 élèves (ANNEXE 9, 2010).

Le projet de Três Rios a été approuvé par l'Ordonnance interministérielle n° 3.696 du 25 novembre 2010, et la municipalité répondait aux critères d'adhésion : couverture de l'enseignement primaire supérieure à 70 % et indice de développement de l'éducation de base (IDEB) inférieur ou égal à 4,5 en 2009 (ANNEXE 9, 2010).

Comme mentionné dans le projet Três Rios pour le PSE, la ville est un centre de santé de la micro-région 1 dans la région Centre-Sud de Rio de Janeiro, selon le plan directeur de régionalisation de l'État, qui comprend Sapucaia, Comendador Levy Gasparian, Areal, Paraíba do Sul, Paty do

Alferes, Vassouras, Engenheiro Paulo de Frontin, Miguel Pereira, Pacarambi et Mendes (ANNEXE 9, 2010).

Selon l'annexe 9, "avec la mise en œuvre du projet, nous avons cherché à agir sur les principaux problèmes identifiés dans la population, avec des actions visant principalement l'éducation à la santé, dans le but de prévenir les problèmes de santé".

La situation socio-économique et sanitaire des habitants a également été analysée et, en conséquence, Três Rios a été inclus dans l'évaluation pour faire partie du PSE.

Três Rios avait un indice de développement humain municipal (IDHM) de 0,782, ce qui correspond à la 1014e place parmi les municipalités brésiliennes en 2000, et à la 23e place parmi les 92 municipalités de l'État de Rio de Janeiro. La municipalité n'a pas connu de difficultés majeures en termes de développement humain et de qualité de vie, car cette valeur de l'IDH est considérée comme moyenne et est proche de l'IDH considéré comme un développement élevé, qui est supérieur à 0,800, selon le Programme des Nations Unies pour le développement (PNUD) Brésil (ANNEXE 9, 2010).

Chaque école de la municipalité qui fait partie du PSE appartient à une unité de santé de base dans ce quartier et est évaluée par elle.

Selon l'accord d'engagement municipal signé par les départements municipaux de la santé et de l'éducation, le délai pour atteindre les objectifs est de douze mois à compter de la date de signature du document (8/11/2011). Parmi les objectifs convenus figure l'évaluation clinique et psychosociale des étudiants (ANNEXE 9, 2010).

1.4 L'IMPORTANCE DU PROGRAMME DE SANTÉ SCOLAIRE

Les responsables des politiques de santé considèrent que le milieu scolaire est un espace privilégié pour les actions de prévention, de promotion et de soins de santé. C'est là que les élèves passent la majeure partie de leur temps, qu'ils fréquentent différents types de personnes, chacune ayant son propre style de vie, ses propres coutumes et sa propre religion. La famille joue un rôle fondamental dans la réalisation de ce travail, car elle rassemble un ensemble de valeurs, de croyances, de connaissances et d'habitudes qui peuvent influencer les pratiques qui favorisent la santé de ses membres ou, au contraire, augmenter leur vulnérabilité à la maladie (CURRIE et al., 2008).

L'intérêt de mener un programme de santé au sein de l'école, où il y a des formateurs d'opinion et des constructeurs de connaissances, vient du fait que cette union école/unité de santé permet de faire un pas en avant dans l'amélioration de la qualité de vie et favorise davantage la coexistence au sein de l'école (ANNEXE 11).

L'un des défis les plus importants de la promotion de la santé à l'école est l'intégration de tous les segments : élèves, enseignants, personnel et équipe de santé familiale. Selon Alves (2005, p.48), certains auteurs affirment que :

> "Tout professionnel de santé est un éducateur de santé potentiel, et une condition essentielle à sa pratique est sa propre reconnaissance en tant que sujet du processus éducatif, ainsi que la reconnaissance des usagers en tant que sujets en quête d'autonomie".

Pour développer des pratiques d'éducation à la santé, tous les membres de la société doivent prendre en compte les connaissances que chacun peut apporter. Les pratiques d'éducation pour la santé visent à améliorer la prise en charge des individus et se développent non seulement avec un individu malade, mais surtout avec des individus en bonne santé. Dans ce contexte, la promotion de la santé vise à améliorer la qualité de vie de la population.

C'est pourquoi il est très important de planifier soigneusement toutes les actions et il est nécessaire que l'équipe de santé familiale et les écoles essaient d'identifier les problèmes les plus importants dans cette école et de mettre en pratique des techniques qui peuvent être mises en œuvre en fonction de la réalité de l'institution, des élèves et du quartier où se trouvent l'école et le BHU (BRASIL, 2009a).

1.5 L'HYGIÈNE À L'ÉCOLE

On parle beaucoup de santé, d'individus sains, d'alimentation, etc., mais ce qui passe parfois inaperçu, c'est l'hygiène. L'hygiène est l'ensemble des moyens mis en œuvre pour maintenir des conditions favorables à la santé.

Les habitudes d'hygiène quotidienne d'un individu comprennent non seulement l'hygiène corporelle et buccale, mais aussi le type d'aliments qu'il mange, ses vêtements et ses chaussures, sa posture quotidienne, les heures de sommeil par jour, l'exercice physique et tout ce qui est lié à l'environnement qui l'entoure. L'environnement scolaire étant très important, le personnel de l'école, les enseignants, le personnel des centres de santé et, surtout, la famille, doivent avoir la responsabilité de vérifier que l'environnement dans lequel se trouve l'enfant présente les conditions d'hygiène nécessaires pour le maintenir en bonne santé. Des habitudes simples, même automatiques, comme se laver les mains avant les repas et aux toilettes, font une grande différence pour que l'individu soit en bonne santé et n'acquière pas de pathologie (PORTAL MEC, 2012).

L'éducation à la santé joue un rôle fondamental dans l'amélioration de la qualité de vie de la population, en montrant des actions de promotion de la santé basées sur la prophylaxie des infections, avec des soins d'hygiène personnelle et collective de base.

L'hygiène corporelle a toujours été et sera toujours considérée comme une condition préalable à une vie saine. L'acquisition des habitudes d'hygiène commence dès l'enfance et est très importante tout au long de la vie d'un individu. Les expériences vécues par les enfants au cours de leurs premières années à l'école, comme le fait de se laver les mains ou de se brosser les dents, par exemple, peuvent avoir un impact important sur leur vie.

Le grand défi dans l'approche de l'hygiène corporelle, tant à l'école que dans la vie en dehors de l'environnement scolaire, est de prendre en compte la réalité de l'élève, en cherchant des solutions critiques et viables pour mener à bien les actions. La connaissance de la réalité de la communauté locale est très importante lorsqu'il s'agit d'éducation à la santé à l'école ; par conséquent, la recherche, la collecte et l'élaboration d'informations sur les coutumes et les pratiques de la communauté sont importantes pour concevoir le travail à réaliser, analyser et évaluer son efficacité (PORTAL MEC, 2012).

Certaines situations extrêmes dans certaines localités, comme le manque de toilettes ou d'eau potable, ne peuvent pas être considérées comme des facteurs limitant le processus d'enseignement et d'apprentissage. Naturellement, l'éducation scolaire n'a pas le devoir de remplacer les changements structurels nécessaires pour garantir la qualité de vie et la santé, mais elle peut contribuer de manière décisive à leur réalisation (BRASIL, 2009a).

Une nutrition adéquate est un facteur essentiel pour la croissance, le développement et la réalisation des activités quotidiennes des enfants et de la population dans son ensemble. Une nutrition inadéquate est un problème majeur auquel il faut s'attaquer et il est donc très important de choisir des aliments bénéfiques pour l'organisme et de prévenir la malnutrition et l'anémie (PORTAL MEC, 2012).

La malnutrition et l'anémie sont des problèmes de santé publique importants au Brésil et sont des facteurs clés de l'affaiblissement de l'organisme et de la vulnérabilité aux maladies. L'obésité est également un problème de santé majeur aujourd'hui.

Les enfants consomment très facilement du sucre, ce qui nuit à leur santé bucco-dentaire et contribue à l'obésité précoce.

De nos jours, certaines personnes considèrent encore que les enfants "gros" sont en bonne santé, mais ce n'est pas vrai. L'obésité chez les enfants est considérée comme un facteur de risque, car les enfants obèses sont plus enclins aux maladies chroniques dégénératives telles que l'hypertension, le diabète et les problèmes cardiovasculaires, entre autres (PORTAL MEC, 2012).

1.6 SANTÉ MORALE

La carie est reconnue comme une maladie infectieuse-contagieuse qui se traduit par une perte localisée de minéraux des dents affectées, causée par des acides organiques provenant de la fermentation microbienne des hydrates de carbone alimentaires. Associée à un manque d'hygiène adéquate, son apparition dépend de l'interaction de trois facteurs essentiels : l'hôte, représenté par les dents et la salive, le microbiote de la région et le régime alimentaire consommé (MALTZ & CARVALHO, 1994). La carie dentaire affecte l'humanité depuis la préhistoire, dans différentes cultures et à différentes époques. Il s'agit d'une maladie qui progresse lentement et qui, en l'absence de traitement, conduit à la destruction totale de la dent, en affectant l'émail, la dentine et le cément. Sa prévalence est élevée dans la plupart des populations modernes et a augmenté de façon significative depuis l'introduction de régimes à base de glucides, l'utilisation du sucre et des aliments industrialisés (FREIRE *et al.*, 1999).

Il existe des individus qui présentent un grand nombre d'éléments dentaires avec des caries, et ce sont généralement des personnes au pouvoir d'achat plus faible. Ce fait reflète généralement un ensemble de facteurs liés à l'accès aux services de santé, au niveau d'éducation, aux conditions d'hygiène, au logement et à l'accès aux produits, entre autres (FREIRE *et al.*, 1999 ; MALTZ & SILVA, 2001 ; BALDANI, NAVAI & ANTUNES, 2002).

La santé bucco-dentaire doit être analysée comme une partie importante de la santé de l'individu et, pour cette raison, les études épidémiologiques sur les caries dentaires, parmi d'autres maladies liées à la santé bucco-dentaire, sont des éléments pertinents des questions de santé publique (ARANHA, 2004).

CHAPITRE 2

OBJECTIFS

2.1 OBJECTIF GÉNÉRAL

Réaliser une enquête sur le travail effectué par les unités de santé en collaboration avec les unités d'éducation dans le cadre du programme "La santé à l'école", afin de démontrer par des données l'importance du travail d'équipe pour un bien commun.

2.2 OBJECTIFS SPÉCIFIQUES

> Montrer l'efficacité de l'EPS dans les écoles publiques en ce qui concerne les concepts d'hygiène et de santé.

> Présentation de l'état de santé des élèves des écoles de Três Rios.

> Souligner l'importance de la planification de la santé dans les écoles.

> Comparer les connaissances des élèves en matière d'habitudes d'hygiène entre les écoles publiques et les écoles publiques de Três Rios.

CHAPITRE 3

MÉTHODOLOGIE

Une enquête a été menée dans trois unités de santé et trois écoles correspondant au quartier où ces unités de santé sont situées. Les fiches de données PSE ont été utilisées, répertoriant les antécédents médicaux, les antécédents familiaux et les évaluations physiques telles que le poids, la taille, l'indice de masse corporelle (IMC), la circonférence abdominale, la pression artérielle, la glycémie, l'évaluation de la santé bucco-dentaire et la vérification de la carte de vaccination de l'élève.

En raison du traitement inégal des travaux dans les centres de santé enquêtés, seuls l'IMC pour l'obésité, l'insuffisance pondérale, le surpoids et l'indice de carie des dents de lait (ceo-d) et l'indice de carie des dents permanentes (CPO-D) ont été mis en évidence dans cette étude.

Les groupes d'âge étaient très variés, correspondant aux classes de l'école. Du 10 au 28 septembre 2012, une synthèse de l'état de santé et des conditions socio-économiques des élèves interrogés a été réalisée.

Les unités de santé (UH) évaluées ont été choisies à des points équidistants les uns des autres et les unités d'enseignement étaient celles qui correspondaient aux unités de santé choisies.

L'autorisation pour la recherche dans les unités de santé a été préalablement demandée au coordinateur du programme de Três Rios, Rio de Janeiro SMS (ANNEXE 7). Les unités d'enseignement interrogées ont également donné leur autorisation (ANNEXES 4 à 6).

Le centre de santé de Palmital a été rattaché à l'école municipale Santa Luzia dans le même quartier, le centre de santé de Purys à l'école municipale Leila Aparecida de Almeida et le centre de santé de Cantagalo à l'école municipale Jovina Figueredo Sales.

Les trois écoles étudiées par les unités de santé accueillaient 792 élèves des deux sexes âgés de 2 à 18 ans.

Le jour de l'évaluation par les centres de santé, tous les élèves ne se sont pas présentés et seuls ceux présents à l'école à cette date sont mentionnés ici.

L'école municipale Jovina Figueredo Sales, située dans le quartier de Cantagalo, compte un total de 210 élèves et 105 d'entre eux, âgés de 2 à 13 ans, ont participé aux évaluations ; l'école municipale Santa Luzia, située dans le quartier Vila Isabel, compte 513 élèves et 467 d'entre eux, âgés de 3 à 16 ans, ont été évalués, tandis que l'école municipale Leila Aparecida, dans le quartier de Purys, compte 229 élèves et 133 d'entre eux, âgés de 2 à 10 ans, ont été évalués par l'unité de santé.

Toutes les unités de santé familiale disposent d'une équipe composée d'un médecin, d'une infirmière, d'une aide-soignante, d'agents de santé communautaire, d'assistants administratifs, d'un chirurgien-dentiste et d'un assistant en santé bucco-dentaire, ainsi que d'un Centre d'appui à la santé familiale (NASF), composé de psychologues, de nutritionnistes, de physiothérapeutes et d'éducateurs physiques, qui apportent leur soutien aux équipes de santé familiale (ESF) de la municipalité.

Un questionnaire sur les habitudes d'hygiène a été réalisé auprès de deux classes de chacune des trois écoles publiques : Colégio Rui Barbosa, Escola Nossa Senhora Aparecida et Escola Nossa Senhora de Fátima.

Avant d'administrer les questionnaires, une autorisation a été demandée à la direction de l'école pour administrer les questionnaires dans les classes de l'école primaire (ANNEXES 1 à 6). Après autorisation, les données ont été collectées à l'aide d'un questionnaire (ANNEXE 8) contenant 10 questions à choix multiples sur les habitudes de lavage des mains des élèves, le nombre de bains qu'ils prennent, le brossage des dents, l'utilisation du fil dentaire et leurs connaissances sur les caries. Le questionnaire a été administré pendant les heures de cours du matin et de l'après-midi, avec l'autorisation de l'enseignant présent et toujours sous ma supervision, pour clarifier les doutes éventuels et/ou aider à remplir le questionnaire, ce qui a pris aux élèves 15 à 20 minutes.

Les questionnaires ont été administrés à 162 élèves d'écoles publiques (Escola Nossa Senhora Aparecida, Escola Nossa Senhora de Fátima et Colégio Rui Barbosa) et à 92 élèves d'écoles publiques (Escola Municipal Leila Aparecida de Almeida, Colégio Municipal Santa Luzia, Escola Municipal Jovina Figueredo Sales).

Dans la présentation des résultats, ceux-ci ont été subdivisés en données statistiques (fournies par le département municipal de la santé de Três Rios) et en données obtenues à partir de questionnaires administrés aux élèves des écoles primaires publiques et privées.

CHAPITRE 4

RÉSULTATS ET DISCUSSION

4.1 L'ANALYSE DES DONNÉES FOURNIES PAR LE SERVICE DE SANTÉ MUNICIPAL

Les données recueillies dans les centres de santé et les écoles de la ville de Três Rios sont présentées dans les tableaux 1 à 3 et les figures 1 à 3. Bien que ces données ne reflètent pas la réalité des étudiants au niveau national, elles en constituent une fraction réelle, dans la mesure où une cohérence des réponses a été observée par rapport aux études réalisées par d'autres auteurs.

4.2 ÉVALUATION NUTRITIONNELLE DES ÉLÈVES

Tableau 1 - Bilan nutritionnel dans les trois unités scolaires en nombre et en pourcentage

Unités scolaires	Nombre total d'élèves par unité scolaire	Pourcentage d'élèves présentant une insuffisance pondérale	Pourcentage d'élèves ayant un poids adéquat	Pourcentage d'élèves en surpoids	Pourcentage d'élèves souffrant d'obésité
Palmital	467	10,3%	60,6%	15,0%	14,1%
Purys	133	18,0%	65,4%	15,8%	0,8%
Cantagalo	105	23,8%	64,8%	3,8%	7,6%

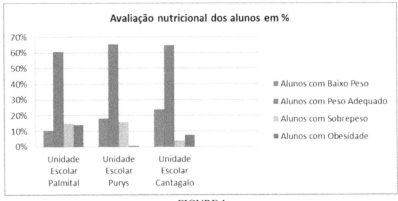

FIGURE 1

Source : Données obtenues auprès du département municipal de la santé, consolidées à partir des données obtenues auprès des unités scolaires en 2012.

La figure 1 montre qu'à l'école Palmital, 10,3 % des élèves étaient en sous-poids, 15 % en surpoids, 14,1 % obèses et la majorité (60,6 %) se situait dans le poids approprié selon l'IMC. À l'école Purys, 18 % des élèves étaient considérés comme en sous-poids, 3,8 % en surpoids, 7,6 % obèses et 65,4 % au poids approprié. À l'école Cantagalo, 23,8 % étaient en sous-poids, 3,8 % en surpoids, 7,6 % obèses et 64,8 % au poids approprié. Bien que les taux de surpoids et d'obésité attirent beaucoup l'attention, dans ce cas, le graphique montre un pourcentage élevé d'élèves en sous-poids dans les trois écoles.

Tableau 2 - Évaluation nutritionnelle moyenne dans les trois écoles

Nombre total d'étudiants	Pourcentage d'élèves présentant une insuffisance pondérale	Pourcentage d'élèves ayant un poids adéquat	Pourcentage d'élèves en surpoids	Pourcentage d'élèves souffrant d'obésité
705	13,7%	62,2%	13,5 %	10,6%

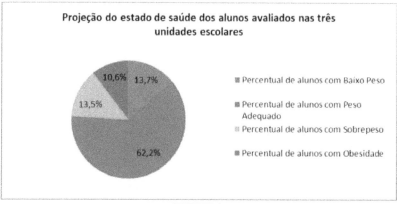

FIGURE 2

Source : Données obtenues auprès du département municipal de la santé, consolidées à partir des données obtenues auprès des unités scolaires en 2012.

La figure 2 montre que 62,2 % des élèves avaient un poids adéquat selon les mesures de l'IMC, 13,5 % étaient en surpoids, 13,7 % avaient un poids insuffisant et 10,6 % étaient considérés comme obèses. Selon Post *et al* (1996), les enfants présentant une insuffisance pondérale peuvent être considérés comme mal nourris, ce qui peut être lié à des problèmes de santé, à une mauvaise alimentation ou à une nutrition inadéquate. Comme le montrent les données, il existe des valeurs pertinentes liées au surpoids et à l'obésité. Le surpoids est une propension à l'obésité. Troiano *et al* (1991) affirment que la tendance des jeunes en surpoids à devenir obèses augmente progressivement. Dans ce cas, il est important de prendre en compte les facteurs permettant d'améliorer ces taux, tels que l'activité physique, et il est également souhaitable de concentrer davantage d'efforts sur les soins primaires, développés par l'unité de santé.

4. 3DONNÉES SUR LES TAUX DE CARIES DANS LES TROIS ÉCOLES ÉVALUÉES

Les indices ceo-d et CPO-D ont été évalués dans les groupes d'âge de 5 et 12 ans, respectivement, et les valeurs de ces indices ont été obtenues à partir d'une partie des élèves de ces écoles à ces âges respectifs.

18

Gruebbel (1944) a proposé la classification suivante pour la dentition de lait : ceo-d - c (cariée), e (extraction indiquée), o (obturée) qui s'écrit toujours avec des lettres minuscules et correspond à la somme de c + e + o divisée par le nombre total de dents pour cette dentition (20). La valeur standard de l'OMS pour les dmfs chez les enfants de cinq ans est < 1,5 (FÉDÉRATION DENTAIRE INTERNATIONALE, 2003).

L'indice DMFT - C (carié), P (perdu) et O (obturé) représente la moyenne de la dentition permanente. L'indice DMFT de Klein et Palmer (1937) indique l'état de la dentition permanente par le biais d'examens cliniques. Cet indice, universellement accepté, est une moyenne résultant de la somme du nombre de dents cariées (C), manquantes (P) et obturées (O), divisée par le nombre de dents de cette dentition (32). Depuis 2000, l'objectif de l'OMS est que le DMFT soit < 3 à l'âge de 12 ans (FÉDÉRATION DENTAIRE INTERNATIONALE, 2003). Ces indices expriment la présence de caries dentaires chez les individus et les populations et sont un indicateur de la sévérité de la maladie ; plus la valeur est élevée, plus la carie est importante.

Tableau 3 - Taux de caries dans la population étudiée dans les trois écoles évaluées, basé sur les chiffres fournis par le SMS (ANNEXE 10).

Nombre d'élèves analysés et indice de caries (DMFT et dmfs) selon l'UE visitée							
Groupe d'âge	Base de calcul	Palmital	Nombre d'étudiants	Purys	Nombre d'étudiants	Cantagalo	Nombre d'étudiants
5 ans	Ceo = c + e + o/N	4.6	56	2,27	41	2,21	62
12 années	CPO-D = C+P+0/N	2,31	22	2,09	11	3,25	04

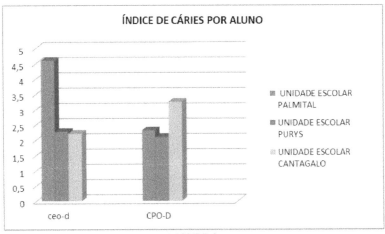

FIGURE 3

Source : Données obtenues auprès du département municipal de la santé, consolidées à partir des données obtenues auprès des unités scolaires en 2012.

La figure 3 montre que les indices dmfs sont supérieurs aux valeurs acceptées par l'OMS. Cet indice doit être inférieur ou égal à 1,5 et cette figure montre que l'unité scolaire de Palmital avait une valeur de 4,6, l'unité de Purys une valeur de 2,27 et l'unité scolaire de Cantagalo une valeur de 2,21. Les trois unités ont une valeur supérieure à l'indice acceptable. Cela montre que le régime alimentaire et les habitudes d'hygiène bucco-dentaire de ces enfants devraient être vérifiés pour voir pourquoi ces valeurs sont si élevées, en supposant que le processus carieux se produit tôt chez les enfants de moins de cinq ans. (2004), qui ont analysé plus de mille enfants dans la ville de Paulínea, SP, et ont trouvé un indice dmfs de 1,90.

L'analyse des indices DMFT montre que la norme de l'OMS (< 3,0) est respectée dans les deux écoles étudiées, l'école Palmital ayant un indice de 2,31 et l'école Purys un indice de 2,09. Dans l'école de Cantagalo, l'indice était de 3,25, ce qui est supérieur à la moyenne recommandée.

Les données des unités scolaires Palmital et Purys contredisent les travaux de Carvalho *et al.* (2009), qui ont trouvé un DMFT de 4,55 chez les enfants de 12 ans, dans la corrélation entre les repas scolaires, l'obésité et la cariogénicité chez les enfants de 12 ans.

les écoliers. Dans l'unité de Cantagalo, l'indice trouvé était un peu plus élevé que celui accepté (3,25) pour cet âge.

4.4 ANALYSE DES DONNÉES OBTENUES À PARTIR DES QUESTIONNAIRES RÉALISÉS AUPRÈS DES ÉLÈVES DES ÉCOLES PRIMAIRES PUBLIQUES ET PRIVÉES DE TRÊS RIOS.

Les graphiques présentés dans ce point ont été élaborés sur la base des résultats obtenus à partir des questionnaires administrés aux élèves des écoles publiques et privées de la municipalité de Três Rios. La tranche d'âge étudiée est compatible dans les deux catégories d'écoles primaires (publiques et privées) (composée d'élèves âgés de 7 à 16 ans). Dans les données sur les élèves, le nombre de personnes vivant au même endroit a été demandé et, dans les deux types d'établissements d'enseignement, il y a une similitude, avec deux à six personnes par ménage. Au total, 162 (63,8 %) élèves des écoles publiques et 92 (36,2 %) élèves des écoles publiques ont été interrogés, 123 (48,43 %) garçons et 131 (51,57 %) filles.

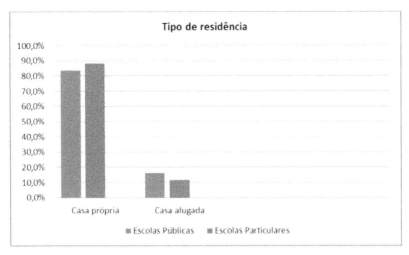

FIGURE 4

Source : Données obtenues par l'auteur, consolidées à partir des questionnaires appliqués lors des entretiens en 2012.

La figure 4 montre que les résultats sont similaires pour les deux types d'établissements d'enseignement en ce qui concerne le type de logement - propriété ou location. Plus de 80 % des élèves des écoles publiques et publiques ont déclaré vivre dans leur propre maison, tandis qu'un pourcentage plus faible des personnes interrogées vivait dans un logement loué. Cruz et Moraes (2012) indiquent qu'au Brésil, le taux d'accession à la propriété en 2000 était de 74,4 %, très proche des taux de l'Argentine (74,9 %) et de la Belgique (74 %), mais inférieur à celui de l'Espagne, où environ 83 % de la population est propriétaire de son logement.

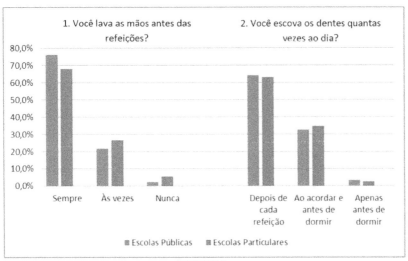

FIGURE 5

21

Source : Données obtenues par l'auteur, consolidées à partir des questionnaires appliqués lors des entretiens en 2012.

La figure 5 montre les résultats obtenus aux questions 1 et 2 (1^a) Vous lavez-vous les mains avant les repas ? (2^a) Vous brossez-vous les dents combien de fois par jour ? Ce graphique montre que les élèves ont des notions d'hygiène assez raisonnables, une bonne proportion d'entre eux déclarant se laver toujours les mains avant les repas (76%, écoles publiques et 67,9%, écoles publiques), plus de 20% déclarant se laver toujours les mains avant les repas (76%, écoles publiques et 67,9%, écoles publiques) et plus de 20% déclarant se laver toujours les mains avant les repas (76%, écoles publiques et 67,9%, écoles publiques).

et la minorité (moins de 10 %) n'avait pas l'habitude de se laver les mains avant les repas. La figure 5 montre qu'une grande partie des élèves des écoles publiques ont de meilleures habitudes d'hygiène, réfutant ainsi la réputation selon laquelle seuls les élèves des écoles publiques ont des habitudes d'hygiène satisfaisantes. Selon la dernière édition de l'IDEB, il existe une différence entre les écoles publiques et les écoles publiques (CHAGAS, 2012), les écoles publiques étant plus performantes que les écoles publiques. Dans cette étude, il a été constaté que les élèves des écoles publiques avaient de meilleurs résultats en termes de connaissance des habitudes d'hygiène.

A la question 2^a , relative à la fréquence à laquelle les élèves se brossent les dents, une grande partie d'entre eux ont répondu qu'ils se brossaient les dents après chaque repas (64,1 % dans les écoles publiques et 63 % dans les écoles publiques). Plusieurs élèves ont déclaré se brosser les dents au réveil et au coucher (32,6 % dans les écoles publiques et 34,6 % dans les écoles publiques). Abegg, *apud* Aranha (2004), dans son évaluation des habitudes de brossage des dents, a trouvé des résultats compatibles avec la présente étude, la fréquence de brossage par les personnes interrogées atteignant plus de 60 % d'entre elles.

Les écoles sont extrêmement importantes pour les indicateurs de santé et devraient être un environnement où des attitudes et des comportements sains peuvent être encouragés, en fournissant aux enfants et aux jeunes les connaissances et les attitudes dont ils ont besoin pour devenir des adultes sains et productifs (BRASIL, 2009a).

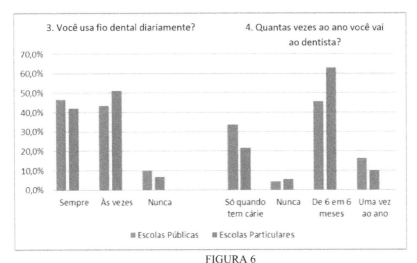

FIGURA 6

Source : Données obtenues par l'auteur, consolidées à partir des questionnaires appliqués lors des entretiens en 2012.

Dans la figure 6, qui présente les graphiques des questions trois et quatre, relatives à l'utilisation du fil dentaire et à la fréquence des visites chez le dentiste, plus de 40 % des élèves des écoles publiques et publiques ont déclaré utiliser fréquemment le fil dentaire, 43,5 % (écoles publiques) et 51,2 % (écoles publiques) ont déclaré l'utiliser parfois. Aranha (2004) a constaté que plus de 29 % des personnes interrogées utilisaient le fil dentaire quotidiennement, tandis que les autres l'utilisaient sporadiquement. En comparaison avec les chiffres trouvés dans cette étude concernant l'utilisation du fil dentaire, on peut voir que dans notre échantillon, il y avait un pourcentage plus élevé d'utilisation quotidienne du fil dentaire, un outil utile pour la prévention des caries. On constate également que certains élèves (9,8 % dans les écoles publiques et 2,4 % dans les écoles publiques) ne sont pas conscients des avantages du fil dentaire ou que leurs conditions socio-économiques ne sont pas favorables à l'utilisation du fil dentaire.

La figure montre également les résultats de la question sur les visites chez le dentiste et l'on peut constater qu'une bonne partie des étudiants, tant dans les écoles publiques (45,6%) que dans les écoles publiques (63%), ont été très précis dans leurs réponses, déclarant qu'ils allaient chez le dentiste tous les six mois, ce qui montre qu'ils sont conscients de l'importance de cette procédure pour le maintien de l'hygiène bucco-dentaire et du sérieux avec lequel les visites régulières sont menées à bien. Ces chiffres diffèrent quelque peu de ceux présentés par l'Institut brésilien de géographie et de statistiques (1998), qui indiquaient une moindre utilisation des services dentaires par la population brésilienne, avec environ 33% de personnes fréquentant les cabinets dentaires au moins une fois par an à l'époque. La figure 6 montre le pourcentage d'élèves des écoles publiques et privées (33,7 % et 21,6 % respectivement) qui déclarent n'aller chez le dentiste que lorsqu'ils ont des caries. Un plus

23

petit nombre (16,4 % des élèves des écoles publiques et 9,9 % des élèves des écoles publiques) ont déclaré aller chez le dentiste une fois par an. Et moins de 5 % des personnes interrogées ont déclaré n'être jamais allées chez le dentiste pour un contrôle de routine.

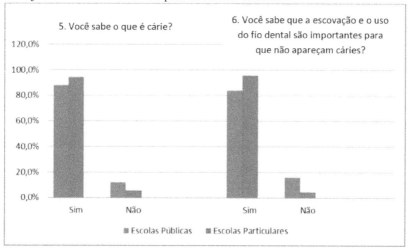

FIGURA 7

Source : Données obtenues par l'auteur, consolidées à partir des questionnaires appliqués lors des entretiens en 2012.

En ce qui concerne les questions cinq et six, qui portaient sur les connaissances des élèves en matière de caries, 88 % des élèves des écoles publiques et 94,4 % des élèves des écoles publiques ont déclaré savoir de quoi il s'agissait. Dovigo *et al.* (2011) ont indiqué dans leur étude, menée auprès des usagers d'un centre de santé, que 70,24 % de ceux qui ont déclaré savoir ce qu'était une carie, l'ont associée à un "trou ou trou dans la dent" et à un "insecte qui mange la dent". L'auteur commente que les personnes qui ont confirmé savoir ce qu'était la carie, lorsqu'on leur a demandé de l'expliquer, étaient confuses et certaines ne pouvaient même pas l'expliquer, ce qui montre que la population brésilienne éprouve encore de grandes difficultés à conceptualiser et à expliquer ce qu'est la carie.

En ce qui concerne l'habitude de se brosser les dents et d'utiliser du fil dentaire comme mesure préventive contre les caries, il a été noté que plus de 80 % des personnes interrogées dans les deux écoles connaissaient l'importance de ce processus. Il a été noté que plus d'élèves des écoles publiques (16 %) que des écoles publiques (4,3 %) ignoraient l'importance du brossage des dents et de l'utilisation du fil dentaire pour prévenir l'apparition de caries.

24

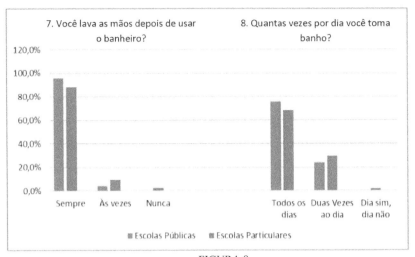

FIGURA 8

Source : Données obtenues par l'auteur, consolidées à partir des questionnaires appliqués lors des entretiens en 2012.

Sachant que les habitudes d'hygiène sont essentielles au maintien de la santé personnelle et de celle de l'entourage, leur absence peut entraîner divers facteurs pathologiques susceptibles d'influencer la vie personnelle et familiale d'un individu. La figure 8 montre les résultats relatifs aux questions sept et huit, concernant le lavage des mains après avoir utilisé les toilettes et le nombre de fois par jour où les étudiants se douchent. La majorité des répondants ont déclaré qu'ils se lavaient toujours les mains après avoir utilisé les toilettes (95,6 % dans les écoles publiques et 88,3 % dans les écoles publiques). Seuls 4,4 % dans les écoles publiques et un pourcentage plus élevé de 9,2 % dans les écoles publiques ont déclaré qu'ils se lavaient parfois les mains et un faible pourcentage de 2,5 % des élèves des écoles publiques ont déclaré qu'ils ne se lavaient jamais les mains après être allés aux toilettes. Les travaux menés par le Global Hygiene Council (2012) montrent que les personnes qui se lavent les mains plus souvent déclarent moins d'épisodes de maladies infectieuses. L'auteur souligne que, malgré le fait que plus de 80 % des personnes réalisent que leurs mains peuvent être contaminées après avoir utilisé les toilettes, seulement 64 % des personnes déclarent se laver systématiquement les mains après avoir utilisé les toilettes.

La huitième question portait sur la fréquence de l'hygiène corporelle. Dans cette question, 76,1 % des élèves des écoles publiques et 68,5 % des élèves des écoles publiques ont déclaré se doucher tous les jours, 23,9 % des élèves des écoles publiques et 29,6 % des élèves des écoles publiques ont déclaré se doucher deux fois par jour, seulement 1,9 % des élèves des écoles publiques ont déclaré se doucher tous les deux jours, et aucun élève n'a déclaré se doucher seulement une fois par semaine. Almeida (2012), dans un article pour le site web Brasil Escola, a révélé que l'hygiène par le bain est utilisée par la majorité de la population au Brésil et dans le monde. Le bain est une

25

pratique courante au Brésil et a lieu en moyenne deux à trois fois par jour. Maia (2012), dans une étude portant sur 10 pays, a conclu que les Brésiliens sont ceux qui se baignent le plus souvent. Les résultats de l'auteur indiquent qu'au Brésil, la moyenne par personne est de 19,8 bains par semaine, soit environ trois bains par jour. Suivent de près les Russes, avec 8,4 bains par semaine, les Japonais (7,9), les Français (7,7), les Américains (7,4), les Allemands et les Italiens (6,1), les Britanniques (5,6), les Chinois (4,9) et les Indiens (3).

FIGURA 9

Source : Données obtenues par l'auteur, consolidées à partir des questionnaires appliqués lors des entretiens en 2012.

La figure 9 présente les résultats de la connaissance du mécanisme de la carie dentaire et de l'importance du brossage des dents. On constate que 52,2 % des élèves des écoles publiques et 69,7 % des élèves des écoles publiques désignent les microbes comme les utilisateurs des débris alimentaires sur les dents, tandis que 42,4 % (écoles publiques) et 19,7 % (écoles publiques) déclarent que la salive use la dent. Une étude réalisée à l'Institut de chimie (PROENC, 2012 http://www.proenc.iq.unesp.br/index.php/biologia/46-textos-sobre-biologia/331- porqdevemoesc), suggère que la salive use la dent, puisque l'expérience réalisée avec la salive a montré que :

> "Les bactéries présentes dans notre salive fermentent les glucides que nous mangeons et produisent de l'acide lactique. Celui-ci génère de l'énergie pour les bactéries, mais acidifie la surface des dents, ce qui n'est pas bon... À un pH inférieur à 5,5, l'hydroxyapatite, l'un des principaux constituants des dents, commence à se dissoudre. La dissolution de ce minéral favorise l'apparition de petites cavités dans les dents, où davantage de bactéries peuvent s'installer et former des caries. Pour garder des dents saines, il est donc essentiel de les brosser au moins trois fois par jour, afin d'éliminer mécaniquement les débris alimentaires et la plaque bactérienne."

Cette affirmation va à l'encontre du phénomène, car lorsque l'on ingère du sucre (saccharose), les bactéries de la bouche décomposent les composants du sucre (glucose et fructose). Ces bactéries n'utilisent que le glucose qui est fermenté et, lors de cette fermentation, de l'acide lactique est produit et le pH bas favorise la déminéralisation des dents. Le fructose non utilisé par les bactéries s'accumule dans les zones interdentaires et, en l'absence d'une hygiène adéquate, le fructose accumulé empêche la salive, qui régule le pH, de circuler en continu dans la bouche. En l'absence d'un nettoyage adéquat, surtout avant de dormir, car il n'y a pas de salivation pendant le sommeil, l'action acidogène des bactéries devient plus importante, car la salive agit comme un tampon neutralisant de l'acidité, ce qui crée des conditions favorables à la formation de caries (LEITES, PINTO & SOUZA, 2006).

"Diverses espèces bactériennes du biofilm dentaire, au contact du saccharose, peuvent synthétiser différents types de polysaccharides ou le convertir en acide. Les polysaccharides formés peuvent être : des polymères de glucose (Glycanes), formés par l'enzyme glycosyltransférase, à partir du saccharose. Les glycanes comportant une majorité de liaisons al-6 sont appelés dextrans et ceux comportant une prédominance de liaisons 1-3 sont appelés mutans. Ces derniers sont très insolubles et rigides et peuvent former des agrégats fibreux, tandis que les dextrans forment des chaînes flexibles et sont plus solubles. Des polymères de fructose (fructanes), formés par l'enzyme fructosyltransférase, peuvent également être formés à partir du saccharose. Les fructanes sont des polymères extracellulaires très solubles de fructose, avec 0 2,6 liaisons, qui sont formés dans une moindre mesure que les glycanes. Lorsque le saccharose est épuisé, les fructanes sont rapidement métabolisés par les bactéries du biofilm dentaire. Les bactéries buccales ont également la capacité de stocker des glucides sous forme de polysaccharides intracellulaires (PIC) tels que le glycogène. Contrairement aux polysaccharides extracellulaires (PCE), qui sont essentiellement formés à partir de saccharose, les PIC peuvent être formés à partir de n'importe quel type de sucre pouvant être converti en glucose 1-phosphate (le glucose 1-P peut être formé à partir de glucose, de lactose, de maltose et de saccharose). Les PIC sont métabolisés en l'absence d'autres sources d'hydrates de carbone, par exemple entre les repas. Ainsi, le saccharose est plus cariogène car, en plus d'être un substrat pour la production d'acide, il existe une corrélation positive entre un régime riche en saccharose et une production accrue de PIC et de PEC dans le biofilm bactérien" (LEITES, PINTO & SOUZA, 2006, p.139).

Une faible proportion de nos interviewés (5,4% dans les écoles publiques et 10,6% dans les écoles publiques) a choisi l'option selon laquelle la consommation de mélasse était la cause principale des caries. Il est clair que les gens ne prennent pas en compte l'apport de sucres dans l'alimentation comme un facteur primaire dans l'étiologie des caries (DOVIGO et al., 2011). On a remarqué que les élèves des écoles publiques avaient une meilleure connaissance des causes des caries, ce qui se traduit par l'option selon laquelle non seulement "manger de la mélasse" provoque l'apparition de caries, mais que tous les restes alimentaires qui s'accumulent entre les dents sont nocifs et favorisent la prolifération des microbes associés aux caries. Dovigo et al, (2011 p. 07) ont trouvé dans leur recherche sur la connaissance des causes des caries :

"que personne n'a répondu de manière adéquate à l'étiologie multifactorielle des caries, c'est-à-dire à l'interaction entre une alimentation riche en sucres, une mauvaise hygiène et des bactéries. C'est inquiétant, car la connaissance de l'étiologie multifactorielle des caries est le premier grand pas vers leur prévention".

Freire et al. (2002) ont souligné l'importance de l'alimentation dans la santé bucco-dentaire et ont mis en garde contre le fait que l'alimentation a été peu reconnue comme un facteur causal des caries, parce que la plupart des programmes éducatifs préventifs mettent l'accent sur l'hygiène bucco-dentaire, sans donner la priorité à d'autres facteurs qui sont extrêmement importants pour déterminer l'étiologie des caries.

De nombreux élèves interrogés ne savent pas ce qui se passe réellement lorsque l'hygiène bucco-dentaire est assurée par le brossage des dents et l'utilisation du fil dentaire. Selon les résultats présentés dans la figure 9, 53,3 % des élèves des écoles publiques et 39,5 % des élèves des écoles publiques déclarent que lorsqu'ils se brossent les dents, elles sont complètement propres. Plus de 20 % des élèves des écoles étudiées ont déclaré que tous les microbes sont éliminés lors du brossage, ce qui n'est pas vrai. Selon une étude publiée dans Ebah (2012), l'hygiène buccale est le meilleur moyen de maintenir le microbiote dans une quantité physiologique compatible, mais il n'est pas possible d'éliminer tous les microbes de la bouche en se brossant les dents. Ce concept a été souligné par 24 % des élèves des écoles publiques et 36,4 % des élèves des écoles publiques, lorsqu'ils ont déclaré que le brossage des dents réduisait le nombre de microbes.

CHAPITRE 5

CONCLUSION

On s'est rendu compte que les élèves des écoles publiques obtenaient d'excellents résultats en termes d'hygiène corporelle et bucco-dentaire, ce qui fait de l'EPS un instrument de grande valeur pour améliorer cette perception. Par conséquent, l'objectif du programme est d'être un facteur clé dans la reconnaissance des étudiants des institutions publiques de la municipalité de Três Rios. Les élèves des écoles publiques, qui ne font pas partie du programme, sont pris en charge d'une manière ou d'une autre, que ce soit par l'éducation familiale ou la promotion de la santé, qui fait partie du programme scolaire. La mise en œuvre du PSE est pertinente à court terme comme facteur de diagnostic épidémiologique et, à long terme, comme facteur d'importance réelle en matière d'hygiène personnelle et collective, dans la mesure où elle pallie les carences de l'éducation familiale, mettant les élèves sur un pied d'égalité avec ceux des écoles publiques en ce qui concerne les notions d'hygiène. Il a également été noté que les caries dentaires restent l'un des problèmes de santé publique les plus courants au Brésil. La plupart du temps, ces problèmes sont associés à des habitudes d'hygiène inadéquates ou à un manque d'information sur le sujet. Il est important de souligner que les taux de caries sont souvent liés à d'autres facteurs qui peuvent être associés à l'apparition de caries, comme la consommation fréquente d'hydrates de carbone fermentescibles et un faible statut socio-économique. Par conséquent, la promotion de la santé est pertinente en tant que facteur de démystification des questions liées à l'hygiène et en tant que moyen de fournir une formation adéquate aux citoyens qui seront responsables de l'avenir de la nation.

CHAPITRE 6

RÉFÉRENCES BIBLIOGRAPHIQUES

ALMEIDA. F. B. BRASIL ESCOLA. **Prendre un bain chaud coûte cher**. Disponible à l'adresse suivante : <http://www.brasilescola.com/fisica/tomar-banho-quente-custa-caro.htm>. Consulté le : 03.Oct.2012.

ALVES, V. S. **Um modelo de educação em saúde para o programa em saúde para o Programa Saúde da Família : pela integralidade da atenção e reorientação do modelo assistencial, Interface - Comunic., Saúde, Educ.** v.9, n.16, p.39-52, set.2004/fev.2005.

ANNEXE 11. **La santé à l'école**. Disponible

à l'adresse : < http://portal.saude.gov.br/portal/saude/profissional/visualizar_texto.cfm?idtxt=29109 >. Consulté le : 01. Oct. 2012.

ARANHA. L.A.R. **Prévalence de la carie dentaire et de la gingivite chez les écoliers de 12 ans du réseau scolaire municipal de Boa Vista, Roraima.** Ministère de la santé. 2004.

BALDANI, M. H. ; NAVAI, P. C. & ANTUNES, J. L. F. **Caries dentaires et conditions socio-économiques dans l'État de Paraná, 1996 Brésil.** Caderno de Saúde Pública, 18:755-763. 2002.

BRÉSIL - Décret n° 6.286, du 5 décembre 2007. **Établit le Programme de santé scolaire - PSE, et établit d'autres dispositions**. Journal officiel de la République fédérative du Brésil, pouvoir exécutif, Brasília, DF, 05 déc. 2007a.

Ministère de la santé du Brésil. Secrétariat pour la gestion stratégique et participative. Département d'appui à la gestion participative. **Caderno de educação popular e saúde/Ministério** da Saúde, Secretaria de Gestão Estratégica e Participativa, Departamento de Apoio à Gestão Participativa. - Drasília : ministère de la santé, 2007b

Ministère de la santé du Brésil. Secrétariat des soins de santé. Département des soins primaires. **La santé à l'école** / Ministère de la Santé, Secrétariat aux soins de santé, Département des soins primaires. - Brasília : Ministère de la Santé. 96 p. (Cadernos de Atenção Básica ; n. 24), 2009a.

Ministère de la santé du Brésil. Secrétariat de la surveillance de la santé. Département d'analyse de la situation sanitaire. **Saúde Brasil 2008 : 20 ans de système de santé unifié (SUS) au Brésil**. 416.p. Brasília, 2009b.

CARVALHO, M. F. DE ; CARVALHO, R. F. DE ; CRUZ, F.L.G. ; RODRIGUES. P.A. ; LEITE, F.P.P. & CHAVES, M.G.A.M. **Corrélation entre les repas scolaires, l'obésité et la cariogénicité chez les écoliers.** Revista Odonto. São Bernardo do Campo, SP. v.17, n.34, jul./dez.2009.

CHAGAS. A. Portal Terra. **Ideb : en dessous de l'objectif, les particuliers évaluent la performance comme positive**.http://noticias.terra.com.br/educacao/noticias/0%2c%2cOI6079186-EI8266%2c00Ideb+below+the+target+individuals+evaluate+performance+as+positive.html>. Consulté le : 08. Oct.2012.

CRUZ & MORAES. Ipea. Les défis du développement. Disponible à l'adresse suivante : < **http://www.ipea.gov.br/desafios/index.php?option=com_content&view=article&id =1033:catid=28&Itemid=23>**. Consulté le : 01. Oct. 2012.

CURRIE, C. GABHAINN. S.N. GODEAU. E. CURRIE. D. ROBERTS. C. & SMITH. R. **Inégalités dans la santé des jeunes : rapport international HBSC de l'enquête 2005/2006**. Copenhague : Organisation mondiale de la santé, 206 p. (Politique de santé pour les enfants et les adolescents, n. 5), 2008.

DOVIGO, M. R. P. N. ; GARCIA, P. P. N. S. ; CAMPOS, J. A. D. B. ; DOVIGO, L. N.& WALSH, I. A. P. **Connaissances dentaires des adultes fréquentant une unité de santé familiale dans la municipalité de São Carlos, Brésil**. Dental Journal of the City University of São Paulo 23(2) : 107-24, mai-août 2011.

EBAH.EcossistemaBucal<http://www.ebah.com.br/content/ABAAABaEMAE/ecossist ema-bucal#>. Consulté le : 03.Oct.2012.

FÉDÉRATION DENTAIRE INTERNATIONALE. **Objectifs mondiaux pour la santé bucco-dentaire en l'an 2000**. Int. Dent. J, 32(1) : 74-7, 1982. OMS, Rapport sur la santé bucco-dentaire dans le monde 2003.

FIOCRUZ. Almanach historique - **Oswaldo Cruz, O médico do Brasil,** p. 1 à 60, 2003.

FREIRE, M. C. M. ; PEREIRA, M. F. ; BATISTA, S. M. O. ; BORGES, M. R. S. ; BARBOSA, M. I. & ROSA, A. G. F. **Prévalence des caries et nécessité de traitement chez les écoliers âgés de 6 à 12 ans dans le système scolaire public.** Revista de Saúde Pública, 33:385-390, 1999

FREIRE M.D.C.M, SOARES F.F. & PEREIRA M.F. **Knowledge about dental health, diet and oral hygiene of children assisted by the Dentistry School of the Federal University of Goiás.** J Bras. Odontopediatr. Odontol. Bebe. mai-juin;5(25):195-9, 2002.

CONSEIL MONDIAL DE L'HYGIÈNE. Hygiène des mains. Disponible à l'adresse : < http://www.samshiraishi.com/global-hygiene-council-2012/>. Consulté le : 03. Oct. 2012.

GRUEBBEL, A. O. **A measurement of dental caries prevalence and treatment services for deciduous teeth**. J.dent. Res., 23 : 163-8, 1944.

INSTITUT BRÉSILIEN DE GÉOGRAPHIE ET DE STATISTIQUE. **Enquête nationale par sondage auprès des ménages** (PNAD 98). Rio de Janeiro : Fondation de l'Institut brésilien de géographie et de statistique ; 1998.

KLEIN, H. & PALMER, C. E. **Dental caries in American Indian children**. Publ. Hlth Bull, (239), 1937.

LEITES, A.C.B.R ; PINTO, M.B. & SOUZA, E.R.S. **Aspects microbiologiques des caries dentaires**. Salusvita, Bauru, v.25, n.2, p. 135-148, 2006.

MAIA. R7 News. **La recherche dit que les Brésiliens sont des champions de la baignade, sachez les dangers de l'exagération.** Disponible à l'adresse suivante : < http://noticias.r7.com/saude/noticias/pesquisa- diz-que-brasileiro-e-campeao-de-banho-conheca-os-perigos-do-exagero- 20100714.html>. Consulté le : 03.Oct.2012.

MALTZ, M. & CARVALHO, J. **Diagnostic de la maladie carieuse**. Oral Health Promotion, p. 69-91, São Paulo : Artes Médicas, 1994.

MALTZ, M. & SILVA, B. B., 2001. **Relation entre les caries, la gingivite et la fluorose et le niveau de l'OMS.** Federation Dentaire Internationale - Global Goals for Oral Health in the year 2.000. Int.

Dent. J., 32(1):74-7, 1982.

L'OMS. Organisation mondiale de la santé. **Constitution de l'Organisation mondiale de la santé.** Documents de base. Genève. 1946.

PELICIONI, M. C. F. & PELICIONI, A. F. **Éducation et promotion de la santé : une rétrospective historique.** O Mundo da Saúde, São Paulo, p. 320-328, juillet/décembre 2007.

PORTALMEC   .   **Santé.**   Disponible à l'adresse suivante   :< portal.mec.gov.br/seb/arquivos/pdf/livro092.pdf> Accès : 28.Aug.2012

POST. C. L ; VICTORA. C. G ; BARROS. F. C ; HORTA. B. L & GUIMARÃES. P. R. V. **Malnutrition et obésité infantiles dans deux cohortes basées sur la population dans le sud du Brésil : tendances et différences.** Cad. Saúde Públ., Rio de Janeiro, 12(Supl.1):49- 57, 1996.

PROENC - INSTITUT DE CHIMIE. **Pourquoi se brosser les dents ?** Disponible à l'adresse : <http://www.proenc.iq.unesp.br/index.php/biologia/46-textos-sobre- biologia/331-porqdevemoesc>. Consulté le : 03.Oct.2012.

ROSEN, G. **Histoire de la santé publique.** 2. éd. São Paulo : Hucitec/ Editora da Unesp ; Rio de Janeiro : Abrasco ; 1994.

SOUZA, M.L.R. ; CYPRIANO, S. ; COSTA, S.C. & GOMES, P.R. Paulínea, São Paulo, Brésil : **situation des caries dentaires par rapport aux objectifs 2000 et 2010 de l'OMS.** Cad. Saúde Pública, Rio de Janeiro,v.20, p.866-870, 2004.

TROIANO R.P, FLEGAL K.M, KUKZMARSKI R.J, CAMPBELL S.M. & JOHSON C.L. The prevalence of overweight and trends for children and adolescents - **The National Health and Nutrition Examination Surveys** , 149 : 1085 91, 1991.

CHAPITRE 7

ANNEXE 1

Rio de Janeiro, 06/09/ 2012.

Caro (a) Sr (a). Diretor (a) do Colégio Rui Barbosa

Na qualidade de orientadora do trabalho final para graduação da licencianda em Ciências Biológicas da UFRJ/CEDERJ, ROSÂNGELA MARQUES DE LIMA PASCHOALETTO, DRE UFRJ 20071402261 venho, através desta, solicitar sua anuência para que a mesma possa aplicar questionários, no âmbito da Educação em Saúde no município de Três Rios, em turmas do ensino fundamental, dessa unidade escolar. O trabalho tem grande importância social no sentido de verificar o conhecimento dos alunos sobre noções de higiene em relação à manutenção da saúde. Os alunos terão garantido o anonimato, precisando declarar a idade, sexo, ano escolar, tipo de moradia e quantidade de pessoas com quem compartilham a residência, sendo resguardado o direito de recusa à participação nas atividades, por qualquer deles, após serem esclarecidos a respeito.

Certa de contar com a colaboração dessa direção, subscrevo-me

Atenciosamente.

Maria Inabel Madeira Libero

Professora Associada da UFRJ - Orientadora

Maria Isabel Madeira Liberto
Coordenadora do Programa de Extensão IMPPG
Instituto de Microbiologia Paulo de Góes UFRJ
Siape: 1507306 SIAPE 0373022

Norma Saely Junqueira Zacaron
DIRETORA - Mag 1/2462.93 - MEC/RJ

ANNEXE 2

UFRJ

IMPG

Rio de Janeiro, 06/09/ 2012

Caro (a) Sr (a). Diretor (a) da Escola Nossa Senhora de Fátima.

Na qualidade de orientadora do trabalho final para graduação da licencianda em Ciências Biológicas da UFRJ/CEDERJ, ROSÂNGELA MARQUES DE LIMA PASCHOALETTO, DRE UFRJ 20071402261 venho, através desta, solicitar sua anuência para que a mesma possa aplicar questionários, no âmbito da Educação em Saúde no município de Três Rios, em turmas do ensino fundamental, dessa unidade escolar. O trabalho tem grande importância social no sentido de verificar o conhecimento dos alunos sobre noções de higiene em relação à manutenção da saúde. Os alunos terão garantido o anonimato, precisando declarar a idade, sexo, ano escolar, tipo de moradia e quantidade de pessoas com quem compartilham a residência, sendo resguardado o direito de recusa à participação nas atividades, por qualquer deles, após serem esclarecidos a respeito.

Certa de contar com a colaboração dessa direção, subscrevo-me.

Atenciosamente.

Maria Isabel Madeira Libreto

Professora Assistente da UFRJ - Orientadora

34

ANNEXE 3

Rio de Janeiro, 06/09/ 2012

Caro (a) Sr (a) Diretor (a) da Escola Nossa Senhora Aparecida:

Na qualidade de orientadora do trabalho final para graduação da licencianda em Ciências Biológicas da UFRJ/CEDERJ, ROSÂNGELA MARQUES DE LIMA PASCHOALETTO, DRE UFRJ 20071402261 venho, através desta, solicitar sua anuência para que a mesma possa aplicar questionários, no âmbito da Educação em Saúde no município de Três Rios, em turmas do ensino fundamental, dessa unidade escolar. O trabalho tem grande importância social no sentido de verificar o conhecimento dos alunos sobre noções de higiene em relação à manutenção da saúde. Os alunos terão garantido o anonimato, precisando declarar a idade, sexo, ano escolar, tipo de moradia e quantidade de pessoas com quem compartilham a residência, sendo resguardado o direito de recusa à participação nas atividades, por qualquer deles, após serem esclarecidos a respeito.

Certa de contar com a colaboração dessa direção, subscrevo-me

Atenciosamente.

Maria Isabel Madeira Liberto

Professora Associada da UFRJ - Orientadora
Maria Isabel Madeira Liberto
Coordenadora & Programa de Extensão IMPPG
Instituto de Microbiologia Paulo de Góes - UFRL
Siape - 1070588 SIAPE 0372922

ESCOLA NOSSA SENHORA DA APARECIDA
Rua Antônio Fernandes de Oliveira, 6 C
Centro — TRÊS RIOS — RJ
Mantenedora: Sociedade Beneficente Seven
Oliveira - CNPJ 32.936.470/0001-40
AUT. DE SESSÃO D.O. de 25-11-89
RECONHECIMENTO — Res. 916/SEE de
24-06-83 - PORTARIA Nº 5731/DAT de
29-01-85 — Aut. de 5º à 8º Série

Laboratório de Ensino de Imunologia - Profa. Marcia Cury Cotrim e Maria Isabel Madeira Liberto
Av. Carlos Chagas Filho 373, Centro de Ciências da Saúde (CCS) - Bloco I - sala 046/I6 - Cidade Universitária - Rio de Janeiro - RJ - Brasil - CEP 21941-902

35

Rio de Janeiro, 06/09/ 2012

Cara Sra. Diretora da Escola Municipal Sta. Luzia

Na qualidade de orientadora do trabalho final para graduação da licencianda em Ciências Biológicas da UFRJ/CEDERJ, ROSÂNGELA MARQUES DE LIMA PASCHOALETTO, DRE UFRJ 20071402281 venho, através desta, solicitar sua anuência para que a mesma possa aplicar questionários, no âmbito da Educação em Saúde no município de Três Rios, em turmas do ensino fundamental, dessa unidade escolar. O trabalho tem grande importância social no sentido de verificar o conhecimento dos alunos sobre noções de higiene em relação à manutenção da saúde. Os alunos terão garantido o anonimato, precisando declarar a idade, sexo, ano escolar, tipo de moradia e quantidade de pessoas com quem compartilham a residência, sendo resguardado o direito de recusa à participação nas atividades, por qualquer deles, após serem esclarecidos a respeito.

Certa de contar com a colaboração dessa direção, subscrevo-me.

Atenciosamente,

_____
Maria Isabel Madeira Liberto

Professora Associada da UFRJ - Orientadora

ANNEXE 5

Rio de Janeiro, 06/09/ 2012

Cara Sra. Diretora da Escola Municipal Jovina Figueiredo Sales :

Na qualidade de orientadora do trabalho final para graduação da licencianda em Ciências Biológicas da UFRJ/CEDERJ, ROSÂNGELA MARQUES DE LIMA PASCHOALETTO, DRE UFRJ 20071402261 venho, através desta, solicitar sua anuência para que a mesma possa aplicar questionários, no âmbito da Educação em Saúde no município de Três Rios, em turmas do ensino fundamental, dessa unidade escolar. O trabalho tem grande importância social no sentido de verificar o conhecimento dos alunos sobre noções de higiene em relação à manutenção da saúde. Os alunos terão garantido o anonimato, precisando declarar a idade, sexo, ano escolar, tipo de moradia e quantidade de pessoas com quem compartilham a residência, sendo resguardado o direito de recusa à participação nas atividades, por qualquer deles, após serem esclarecidos a respeito.

Certa de contar com a colaboração dessa direção, subscrevo-me

Atenciosamente,

Maria Isabel Madeira Liberto

Professora Associada da UFRJ - Orientadora

37

ANNEXE 6

Rio de Janeiro, 06/09/ 2012

Cara Sra. Diretora da Escola Municipal Leila Aparecida de Almeida :

Na qualidade de orientadora do trabalho final para graduação da licencianda em Ciências Biológicas da UFRJ/CEDERJ, ROSÂNGELA MARQUES DE LIMA PASCHOALETTO, DRE UFRJ 20071402261 venho, através desta, solicitar sua anuência para que a mesma possa aplicar questionários, no âmbito da Educação em Saúde no município de Três Rios, em turmas do ensino fundamental, dessa unidade escolar. O trabalho tem grande importância social no sentido de verificar o conhecimento dos alunos sobre noções de higiene em relação à manutenção da saúde. Os alunos terão garantido o anonimato, precisando declarar a idade, sexo, ano escolar, tipo de moradia e quantidade de pessoas com quem compartilham a residência, sendo resguardado o direito de recusa à participação nas atividades, por qualquer deles, após serem esclarecidos a respeito.

Certa de contar com a colaboração dessa direção, subscrevo-me

Atenciosamente,

Maria Isabel Madeira Liberto
Professora Associada da UFRJ - Orientadora

Cátia Corrêa de Almeida
Diretora
Matr. 112803

38

ANNEXE 7 - Autorisation du département municipal de la santé pour l'utilisation des données.

PREFEITURA DO MUNICÍPIO DE
TRÊS RIOS
SECRETARIA MUNICIPAL DE
SAÚDE E DEFESA CIVIL

Três Rios, 18 de setembro 2012

Autorização

Autorizo a graduanda em Licenciatura em Ciências Biológicas da
UFRJ/CEDERJ Rosangela Marques Lima Paschoaletto a realizar visitas
nas Unidades de Saúde da Família do município de Três Rios e a utilizar
as informações fornecidas e coletadas com a finalidade de compor a
pesquisa da monografia de graduação.

Renata Odete de Azevedo Souza
Coordenação de Programas em Saúde

Renata O. A. Souza
cont. Programas em Saúde
CRBS 16968

ANNEXE 8 - Questionnaire appliqué aux élèves des écoles publiques et privées.

Nom : L'école : Série : Sexe : M( ) F ( )	L'âge : Type de logement : ( ) Propriété (> Location Combien de personnes vivent dans la maison :
1 - Vous lavez-vous les mains avant les repas ? (i Toujours ( ) Parfois ( ) Jamais	6 - Savez-vous qu'il est important de se brosser les dents et d'utiliser du fil dentaire pour prévenir les caries ? < l Oui <) Non
2 - Brossez-vous vos lentilles ? Combien de fois par jour ? (l Après le repas coda í) Lorsque l'acoidat c avant dotinii ( ) Juste avant de se coucher	7 - Vous lavez-vous les mains après avoir utilisé les toilettes ? (t Toujours < > Parfois (i Jamais
3 - Utilisez-vous du fil dentaire tous les jours ? (i Toujours ( ) Parfois ( ) Jamais	8 - Combien de fois par jour prenez-vous une douche ? (> Chaque jour (t Deux fois par jour < t Tous les deux jours ( ) Une fois par semaine
4 - Combien de fois par an allez-vous chez le dentiste ? ( ) Uniquement en cas de caries ( ) Jamais ( ) Tous les six mois ( ) *Une fois* par an	9 - Savez-vous ce qui cause les caries ? (l La salive use la dent (t Les microbes utilisent les restes de nourriture sur les dents. (l Consommation de mélasse
5 - Connaissez-vous la <|ue et les caries ? ( ) Soleil ( ) Non	10 - Sais-tu ce qui se passe quand tu te brosses les dents ? (> Les délires restent propres. < > Diminue le nombre de microbes (> Tous les microbes sont éliminés

40

ANNEXE 9 - Projet "Santé à l'école" dans la municipalité de Três Rios.

MAIRIE DE TRÊS RIOS SERVICE MUNICIPAL DE LA SANTÉ ET DE LA PROTECTION CIVILE

PROJET DE SANTÉ À L'ÉCOLE DE TRÊS RIOS

JANVIER 2010

PREFEITURA DE
TrêsRios
Fazendo mais por você

MAIRIE DE TRÊS RIOS SERVICE MUNICIPAL DE LA SANTÉ ET DE LA PROTECTION
CIVILE

PROJET DE SANTÉ SCOLAIRE

Le maire :
Vinicius Medeiros Farah

Secrétaire à la santé :
Luiz Alberto Barbosa

Coordinatrice de la stratégie en matière de santé familiale :
Amanda de Souza Santos

Coordination de la santé bucco-dentaire :
Adriane de Castro Santa Rosa

Coordination des programmes de santé :
Renata Odete de Azevedo Souza

Bolsa Família et SISVAN Coordination :
Mariângela Moreira de Oliveira

Coordination du NASF :
Luciana Alves Massi

Secrétaire à l'éducation :
Marcus Medeiros Barros

Coordination de l'éducation :
Andréa Stefani Montes

INTRODUCTION

Le **programme de santé à l'école** (PSE) a été créé par le décret présidentiel n° 6 286 du 5 décembre 2007 en tant que proposition de politique intersectorielle entre les ministères de la santé et de l'éducation en vue de fournir une prise en charge globale (prévention, promotion et attention) de la santé des enfants, des adolescents et des jeunes dans l'enseignement public de base (maternelle,

42

primaire et secondaire), dans le cadre des écoles et/ou des unités de santé de base, menées par les équipes de santé familiale.

Le projet vise à renforcer l'intégration entre les équipes des unités de santé familiale et les écoles de leur zone de recrutement, dans le but de promouvoir des actions de santé visant à aider les élèves, leurs familles et la communauté locale.

Le projet a été approuvé par l'Ordonnance interministérielle n° 3.696 du 25 novembre 2010, et la municipalité répondait aux critères d'adhésion : plus de 70 % de couverture du programme de santé familiale et un indice de développement de l'éducation de base (IDEB) inférieur ou égal à 4,5 en 2009.

La municipalité de Três Rios appartient à la région Centre-Sud Fluminense de l'État de Rio de Janeiro, et la population totale, selon les estimations de l'IBGE (2009), est de 76 075 habitants, dont environ 96 % vivent dans des zones urbaines. Le groupe d'âge prédominant se situe entre 10 et 44 ans, avec 40 491 personnes, soit 55 % du total. Les enfants représentent encore un groupe important avec 10 759 personnes dans ce groupe d'âge, soit 15 % de la population totale.

Três Rios est également la municipalité centrale de la micro-région sanitaire 1 Centro-Sul Fluminense, selon le plan directeur de régionalisation de l'État, qui comprend Sapucaia, Comendador Levy Gasparian, Areal, Paraíba do Sul, Paty do Alferes, Vassouras, Engenheiro Paulo de Frontin, Miguel Pereira, Pacarambi et Mendes.

Avec la mise en œuvre du projet, l'objectif est de s'attaquer aux principaux problèmes identifiés dans la population, avec des actions visant principalement l'éducation à la santé afin de prévenir les problèmes de santé.

Voici un diagnostic des conditions socio-économiques et sanitaires de la population, ainsi que du réseau de soins et d'éducation de la municipalité.

1 CONDITIONS SOCIO-ÉCONOMIQUES

Três Rios avait un indice de développement humain municipal (IDHM) de 0,782, ce qui correspond à la 1014e place parmi les municipalités brésiliennes en 2000, et à la 23e place parmi les 92 municipalités de l'État de Rio de Janeiro. La municipalité n'a pas de difficultés majeures en termes de développement humain et de qualité de vie, car cette valeur de l'IDH est considérée comme moyenne et est proche de l'IDH considéré comme un développement élevé, qui est supérieur à 0,800, selon le PNUD Brésil.

En ce qui concerne le revenu familial, 1053 familles n'avaient aucun revenu ou un revenu inférieur ou égal au salaire minimum en 2000, soit environ 4,8 % du total. Cela montre qu'une grande partie des familles vit avec un revenu très bas, ce qui pourrait signifier une inégalité sociale marquée dans la municipalité (tableau 1.1).

Tableau 1.1 : Nombre de familles résidentes ayant un revenu mensuel inférieur ou égal à $^1/_2$ salaire minimum, Três Rios, 2000.

Classe d'efficacité nominale	Nombre de familles	%
Aucun revenu	856	3,90
Jusqu'à 1/4 du salaire minimum	31	0,14
Plus de 1/4 à 1/2 du salaire minimum	166	0,76
Plus de 1/2 à 3/4 du salaire minimum	187	0,85
Plus de 3/4 pour 1 de salaire minimum	1.871	8,53
Plus de 1 à 1 1/4 du salaire minimum	556	2,53
Plus de 1 1/4 à 1 1/2 du salaire minimum	833	3,80
Plus de 1 1/2 à 2 salaires minimums	2.309	10,53
Plus de 2 à 3 salaires minimums	3.353	15,28
Plus de 3 à 5 salaires minimums	4.465	20,35
Plus de 5 à 10 salaires minimums	4.556	20,77
Plus de 10 à 15 salaires minimums	1.312	5,98
Plus de 15 à 20 salaires minimums	571	2,60
Plus de 20 salaires minimums	869	3,96
Total	21.936	100,00

Source : IBGE

La municipalité a un taux d'analphabétisme de 8% chez les plus de 15 ans. La majorité de la population âgée de plus de 10 ans (36,86 %) avait entre 4 et 7 ans de scolarité, comme le montre le graphique ci-dessous.

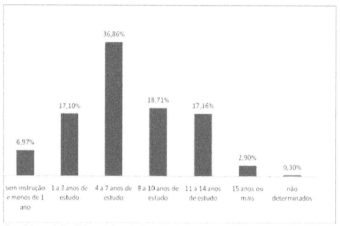

Graphique 1.1 : Répartition de la population par niveau d'éducation, Três Rios, 2000.
Source : IBGE.

Si l'on considère la population ayant moins de 4 ans de scolarité ainsi que le taux d'analphabétisme, nous avions un grand nombre de personnes ayant un faible niveau d'éducation, ce qui peut témoigner de conditions sociales précaires et de difficultés d'accès à l'éducation de base.

En 2007, l'INEP (Instituto Nacional de Estudos e Pesquisas Educacionais Anísio Teixeira) a créé l'Índice de Desenvolvimento da Educação Básica (IDEB - Indice de développement de l'éducation de base), qui est un indicateur visant à évaluer l'éducation en regroupant des concepts importants pour la qualité. L'IDEB calculé pour Três Rios n'a pas beaucoup changé entre 2005 et 2007, comme le montre le tableau 1.2 :

Tableau 1.2 : IDEB pour l'enseignement primaire, en première et dernière année, Três Rios, 2005/2007.

École primaire	2005	2007
Premières années	3,9	4,0
Dernières années	4,0	3,9

Source : INEP.

2 CONDITIONS DE SANTÉ DE LA POPULATION

Dans le groupe d'âge des 10 à 19 ans, la proportion de naissances vivantes en 2006 et 2007 a atteint 21,33%, ce qui montre un nombre important de grossesses chez les adolescentes. La majorité des naissances vivantes sont le fait de mères âgées de 20 à 29 ans.

Ces données montrent l'existence de grossesses chez les adolescentes, un problème qui devrait être abordé dans les écoles afin de prévenir les grossesses précoces.

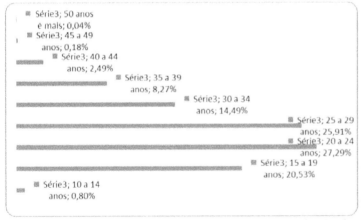

Graphique 2.1 : Proportion de naissances vivantes par âge maternel, Três Rios, 2006/2007.

Source : SINASC

Il est également important de disposer d'informations sur les maladies les plus répandues dans l'enfance et l'adolescence. À cette fin, nous présentons les données du Système d'information hospitalière pour les années 2008 et 2009.

Tableau 2.1 : Hospitalisations par chapitre de la CIM 10, 0 à 19 ans, 2008/2009, Três Rios

Chapitre de la CIM-10	Moins d'un an	1 à 4 ans	5 à 9 ans	10 a 14 années	15 a 19 années	Total
I. Quelques maladies infectieuses et parasitaires	47	70	22	13	37	**189**

45

II. Tumeurs	0	8	3	5	10	26
III. Maladies du sang, organes hématologiques et troubles immunitaires	2	3	5	1	3	14
IV. Maladies endocriniennes nutritionnelles et métaboliques	11	8	8	6	10	43
V. Troubles mentaux et du comportement	0	0	0	0	6	6
VI. Maladies du système nerveux	3	7	3	1	3	17
VII. Maladies de l'œil et des annexes	0	0	1	0	0	1
VIII. Maladies de l'oreille et de l'apophyse mastoïdienne	1	0	0	1	0	2
IX. Maladies de l'appareil circulatoire	6	3	1	3	6	19
X. Maladies de l'appareil respiratoire	147	132	44	31	49	**403**
XI. Maladies de l'appareil digestif	7	17	32	31	15	**102**
XII. Maladies de la peau et du tissu sous-cutané	4	7	9	4	8	32
XIII. l'appareil locomoteur et les maladies du tissu conjonctif	3	2	5	5	5	20
XIV. Maladies de l'appareil génito-urinaire	3	8	11	13	40	75
XV. Grossesse, accouchement et puerpéralité	0	0	0	17	449	**466**
XVI. Quelques affections ayant leur origine dans la période périnatale	94	4	0	0	0	98
XVII.Malf cong deformid et anomalies chromosomiques	7	6	7	3	3	26
XVIII. Symptômes et résultats cliniques et de laboratoire anormaux	2	1	4	3	3	13
XIX. Blessures et autres conséquences de causes externes	3	20	37	35	48	**143**
XX. Causes externes de morbidité et de mortalité	1	0	0	0	0	1
XXI. Contacts avec les services de santé	9	8	5	1	13	36
Total	350	304	197	173	708	1732

Source : SIH

Les cinq principales causes d'hospitalisation en 2008 et 2009 étaient : la grossesse, l'accouchement et la puerpéralité ; les maladies de l'appareil respiratoire ; certaines maladies infectieuses et parasitaires ; les causes externes et les maladies de l'appareil digestif.

Dans le groupe d'âge jusqu'à 9 ans, la prévalence était celle des maladies du système respiratoire et des maladies infectieuses et parasitaires. Les maladies issues de la période périnatale touchaient principalement les enfants de moins d'un an.

A l'adolescence (10 à 19 ans), l'incidence des hospitalisations liées à la grossesse, à l'accouchement et à la puerpéralité est plus élevée, ce qui démontre une fois de plus l'existence d'une précocité.

Les hospitalisations pour des maladies de l'appareil digestif et des causes externes ont eu lieu à partir de l'âge d'un an.

Les principales catégories de diagnostics survenus dans le groupe d'âge 0-19 ans en 2008/2009 sont présentées.

Tableau 2.2 : Hospitalisations par catégories de la CIM 10, 0 à 19 ans, 2008/2009, Três Rios

Liste de morbidité de la CIM-10	Moins d'un an	1 à 4 ans	5 à 9 ans	10 a 14 années	15 a 19 années	Total
Accouchement spontané unique	0	0	0	13	**318**	331
Pneumonie	**71**	**73**	**25**	**19**	34	222
Autres maladies infectieuses intestinales	29	**45**	11	5	28	118
Autres complications de la grossesse et de l'accouchement	0	0	0	2	**80**	82
Bronchite aiguë et bronchiolite aiguë	41	14	2	3	1	61
Fracture d'autres os du membre	0	6	**19**	**22**	12	59
Autres troubles respiratoires d'origine périnatale	45	3	0	0	0	48
Autres maladies des voies urinaires	3	5	5	7	25	45
Asthme	12	23	4	0	0	39
Autres maladies bactériennes	7	15	9	2	5	38
Maladies bactériennes restantes	7	15	9	2	4	37
Contacts avec les services de santé	9	8	5	1	13	36
Maladies de la peau et du tissu sous-cutané	4	7	9	4	8	32
Tumeurs	0	8	3	5	10	26
Malf cong deformid et anomalies chromosomiques	7	6	7	3	3	26
Maladies de l'appendice	0	2	8	9	6	25
Traumatisme intracrânien	3	5	6	3	8	25

Source : SIH

Si l'on examine les catégories de diagnostics les plus fréquentes, la majorité des hospitalisations chez les enfants de moins d'un an étaient dues à la pneumonie ; de 1 à 4 ans, à la pneumonie et aux infections intestinales ; de 5 à 14 ans, à la pneumonie et aux fractures des os des membres ; et dans le groupe d'âge de 15 à 19 ans, à l'accouchement spontané simple, suivi de certaines conditions provenant de la période périnatale et de complications de la grossesse et de l'accouchement. Dans la tranche d'âge 10-14 ans, 13 cas d'accouchements spontanés simples ont été recensés.

3 RÉSEAU ÉDUCATION ET SANTÉ

Dans la municipalité, nous avons des étudiants du réseau municipal :

SECRÉTARIAT MUNICIPAL DE ÉDUCATION	L'ÉDUCATION DE LA PETITE ENFANCE	
	ÉCOLE 279	*PRE-SCHOOL* 2.244

SECRETARIAT ÉDUCATION MUNICIPALE	L'ENSEIGNEMENT PRIMAIRE								
	1°	2°	3°	4°	5°	6°	7°	8°	9°
	1.199	858	850	887	845	594	141	153	158

SECRÉTARIAT MUNICIPAL DE ÉDUCATION	MU	EJA - NIVEAU FONDAMENTAL 347	ÉCOLE MOYENNE 295

Données : Département municipal de l'éducation.

LE NOMBRE D'ÉLÈVES PAR ÉCOLE

UNITÉ SCOLAIRE	N° D'ÉTUDIANTS
À ALCINA DE ALMEIDA	439
À AMÉRICO SILVA	305
EM BRANCA ROZA CABRAL	265
EN BRIGADEIRO BIJOS	54
CIEP B 490 - PURIS	58
M ALENCAR JACOB CRÈCHE	34
GARDERIE MARLY SARNEY	29
CRECHE M VILA ISABEL	78
À EDUARDO DUVIVIER	39
EN ELENICE LOPES DA SILVA	49
EN EURÍDICE FERREIRA	111
À GUILHERMINA GUINLE	534
JIM ALCINA DE ALMEIDA	286
JIM FRANCISCO COELHO	111
JIM DR. VALMIR PEÇANHA	358
EN JOAQUIM T. JUNQUEIRA	505
À JOVINA DE F. SALLES	201
EN JUVENTINO DA M. MORAES	236
À LAURA DA S. RIBAS	416
DANS LEILA AP.ª DE ALMEIDA	235
DANS LUTHER KING	244
EN MARGARETHA SCHOLLER	211
MME DAS GRAÇAS VIEIRA	272
DANS MARQUES DE SALAMANCA	112
EN SEMELLES MODESTES	660
EN NOTRE-DAME D'APARECIDA	198
EN NOTRE-DAME DE FATMA	380
EN PROF. HERMELINDO A. ROSMANINHO	329
À SAMIR NASSER	449
EN SANTA LUZIA	549
À SÃO JOÃO BATISTA	90

Données : Département municipal de l'éducation

Selon les chiffres du ministère de l'éducation, le projet s'adresse à 8 850 élèves de l'école maternelle à l'école primaire et secondaire, ainsi qu'à des apprenants adultes.

Le réseau de soins primaires de la municipalité de Três Rios couvre 72,67 % de la population, avec 21 unités de santé familiale et 6 postes avancés avec 21 équipes de santé familiale et 21 équipes de santé bucco-dentaire. Il dispose également de deux centres de soutien à la santé familiale composés de psychologues, de nutritionnistes, de physiothérapeutes et d'éducateurs physiques qui apportent leur soutien aux équipes de santé familiale de la municipalité.

Toutes les unités disposent d'une équipe composée d'un médecin, d'une infirmière, d'une aide-soignante, d'agents de santé communautaire, ainsi que d'un chirurgien-dentiste et d'une assistante en santé bucco-dentaire.

La municipalité dispose des unités de santé familiale suivantes, selon CNES/DATASUS :

- POINT BLEU,
- BEMPOSTA, (poste avancé : Itajoana, Córrego Sujo et Grama)
- WERNECK MARINE, Habitat
- CANTAGALO,
- PILONS,
- MORADA DO SOL,
- HERON BRIDGE,
- BONNE UNION,
- PURYS,
- NOUVELLE VILLE,
- MONTE CASTELO,
- JK,
- PALMITAL,
- MOURA BRASIL, (poste avancé : Hermogênio Silva)
- TRIANGLE,
- MÈRE NOIRE,
- PORTE ROUGE,
- CARIRI, (poste avancé : Rua Direita)
- SANTA TEREZINHA,
- WATER BOX et
- LE PARVIS DE LA GARE.

Identification des établissements d'enseignement bénéficiant du programme de santé scolaire

ÉCOLES	Responsable à l'école	PSF	Infirmiers et dentistes responsables
E. M. GUILHERMINA GUINLE	Maria H. Marques Goanotti Francisco	Bemposta	Tassia da Costa Teixeira Oswaldo Vianna Born
E. M. ALCINA DE ALMEIDA	Maria Conceição Santos Melo	Bonne Union	Patrícia de Mello Assis Fátima L. C. Machado
J. E. M. ALCINA DE ALMEIDA	Jane Freitas	Bonne Union	Patrícia de Mello Assis Fátima L. C. Machado
E. M. SAINT JEAN LE BAPTISTE	Marcelo Serpa	Réservoir d'eau	Francine Pereira Alves Patrícia I. Pires
E. M. JOVINA DE F. SALLES	Rosane Aparecida Teixera Kopke	Cantagalo	Carolina G. T. de Carvalho Daniela S. Santos
CRÈCHE MUNICIPALE ALENCAR JACOB	Adriane Marci	Cariri	Milena Silva Oliveira Roberta C. Oliveira
E. M. LAURA DA SILVA RIBAS	Rosane F. A do Nascimento	Nouvelle ville	Suelen O. do Souza Marques Luciana R. M. de Oliveira
E. M. BRIGADEIRO BIJOS	Bruna Braga	Ruisseau sale	Tassia da Costa Teixeira Lívia M. L. Markris
E.M. MARQUES DE SALAMANCA	Romilda Aparecida da Silva	Itajoana	Tassia da Costa Teixeira Lívia M. L. Markris
E. M. AMÉRICO SILVA	Alessandra Caldas	JK	Michelle Silva Souza Francisco T. J. Marques
J.I.M. DR.VALMIR PEÇANHA	Valdília de Jesus Henrique	Maman noire	Priscila Lazarine Goulart Flávia C. Dias
E. M. N. SRA. DE FÁTIMA	Rosane dos Santos	Monte Castelo	Tatiana N. Serdanes

	Pereira		Bouzada Fabiana L. C. Almeida
E. M. SAMIR DE MACEDO NASSER	Zilar Lima	Morada do Sol	Deyse de Araujo Nunes Danilo S. Rodrigues
E. M. ELENICE LOPES DA SILVA	Luzinete Salvador da Silva	Moura Brasil	Alexandra C. de O. Marques Jorge L. de Araújo
EDUARDO DUVIVIER	Sirlene Chaves	Moura Brasil	Alexandra C. de O. Marques Jorge L. de Araújo
LUTHER KING	Sandra Maria de Almeida	Moura Brasil	Alexandra C. de O. Marques Jorge L. de Araújo
CRÈCHE VILA ISABEL	Elianaia Arouca	Palmital	Leilanni Ramos Coelho Fernando C. Machado
E. M. SANTA LUZIA	Neusa Maria Barbosa de Oliveira	Palmital	Leilanni Ramos Coelho Fernando C. Machado
E. M. BRANCA ROSA CABRAL	Vania Kopke Gomes Alexandre	Avant-cour de la gare	Fernanda Alves Branco Silva Cíntia F. P. Guimarães
E. M. JOAQUIM T. JUNQUEIRA	Rodrigo Magalhães	Pylônes	Vânia Márcia Silva Lopes Marcelo R. F. Oliveira
E. M. HERMELINDO A. ROSMANINHO	Mônica Sueli Alves Lemos	Pont des hérons	Maiana Carias Zainotte Michele N. Correa
E. M. N . MRS. APARECIDA	Adriana Medeiros de Carvalho	Point bleu	Fernanda de S. Salles Maia Olívia G. C. Ribeiro
E. M. EURÍDICE FERREIRA	Meire Ferreira da Silva Santos	Porte rouge	Anna Caroline da Silva Gama Leandro O. Malafaia
MARLY SARNEY KINDERGARTEN	Dáurea Cesar da Costa	Purys	Milena Rocha Barbosa Fernanda P. da Rocha
CIEP B490	Tatiana C de S Mendes	Purys	Milena Rocha Barbosa Fernanda P. da Rocha
E. M. LEILA A. DE ALMEIDA	Dáurea Cesar da Costa	Purys	Milena Rocha Barbosa Fernanda P. da Rocha
E. M. JUVENTINO DA M. MORAES	Rosimere Teixeira	Rue droite	Emanueli Santos Barbosa Roberta C. Oliveira
E. M. Mª . DAS GRAÇAS VIEIRA	Rita Rosana Correa	Santa Terezinha	Bruna Ap. dos S. Vodonós Maicon S. Vital
E. M. MODESTA SOLA	Ester de Faria Pimentel	Triangle	Juliana C. Furtado Duarte Janine M. A. L. Alexandra
E. M. MARGARETHA SCHOELLER	Eliana Cruz	Werneck Marine	Tatiana C. de Paula Cravo Louisie M. Rodrigues

4 OBJECTIFS

- Promouvoir la santé, renforcer la prévention des problèmes de santé et consolider les relations entre les réseaux de santé publique et d'éducation ;
- Articuler les actions du système de santé unifié (SUS) avec celles des réseaux publics d'éducation de base, afin d'étendre la portée et l'impact de ses actions sur les élèves et leurs familles, en optimisant l'utilisation des espaces, des équipements et des ressources disponibles ;
- Contribuer à la création de conditions propices à la formation intégrale des étudiants ;
- Renforcer la lutte contre les vulnérabilités dans le domaine de la santé qui pourraient compromettre le plein développement de l'école ;
- Promouvoir la communication entre les écoles et les centres de santé, en assurant l'échange d'informations sur l'état de santé des élèves ;

- Renforcer la participation des communautés aux politiques d'éducation de base et de santé.

5 DOMAINES D'ACTION THÉMATIQUES

Le projet comprend des domaines thématiques qui sont importants compte tenu de la réalité de la municipalité en termes de conditions socio-économiques et sanitaires, mais qui seront abordés en fonction des conditions de chaque région couverte. Chaque école et unité de santé familiale aura la liberté d'adapter les thèmes à sa réalité, en mettant l'accent sur les problèmes les plus répandus dans la communauté qu'elle dessert.

Éducation à la santé sexuelle et reproductive

Au Brésil, l'âge moyen de l'initiation sexuelle est d'environ 15 ans, c'est-à-dire à l'âge scolaire, ce qui justifie la nécessité de mener des actions de prévention des maladies sexuellement transmissibles (MST) et du VIH/sida chez les adolescents et les jeunes écoliers, ainsi que des actions de promotion de la santé visant à remédier à leurs vulnérabilités.Dans la municipalité, environ 20 % des femmes enceintes ont moins de 20 ans, avec une concentration plus élevée dans les zones les plus pauvres.

ACTIVITÉS

- Valoriser l'école comme un espace privilégié de promotion de la santé, en priorisant l'orientation des adolescents en situation de vulnérabilité vers le réseau de santé selon les critères suivants : - début d'activité sexuelle ; - suspicion de maladies sexuellement transmissibles et de SIDA ; - grossesse suspectée ou confirmée ;

Alimentation saine

Les équipes de soins primaires et de santé bucco-dentaire de la stratégie de santé familiale, en partenariat avec les professionnels du Centre de soutien à la santé familiale et le service de nutrition responsable des repas scolaires de la municipalité, mèneront des actions collectives pour guider les élèves sur la base des "10 étapes pour une alimentation saine". L'objectif est d'encourager l'offre d'aliments sains et le choix d'options appropriées, ainsi que la discussion de thèmes liés au profil nutritionnel et culturel de chaque région.

ACTIVITÉS

- Encourager les activités éducatives qui favorisent l'adoption d'habitudes alimentaires saines.

- Soutenir et faciliter les choix sains par l'accès à des aliments sains et sûrs proposés dans le cadre du programme d'alimentation scolaire.
- Adopter des mesures visant à réduire l'exposition des écoliers à des environnements et des situations qui augmentent le risque de problèmes nutritionnels.

Prévenir la consommation d'alcool, de tabac et d'autres drogues

Le développement d'actions visant à prévenir la consommation de drogues, qu'elles soient licites ou illicites, fait également partie des activités du projet. Les recherches menées au Brésil montrent que le nombre de jeunes qui fument ou boivent dès leur plus jeune âge est en augmentation. C'est pourquoi il est nécessaire d'intégrer cette discussion dans la vie quotidienne de l'école. Les éducateurs doivent être informés de ces questions.

ACTIVITÉS
- Mener des activités d'orientation sur les problèmes liés à la consommation d'alcool et d'autres drogues.
- Fournir des orientations sur les risques liés à la consommation de drogues licites et illicites par les jeunes et les adolescents.

Santé bucco-dentaire

Le projet de santé bucco-dentaire à l'école vise à réduire les taux de caries dentaires parmi les élèves des écoles publiques de Três Rios. Le partenariat proposé avec SEDUC sera développé pour couvrir progressivement un plus grand nombre d'écoles et d'élèves.

Le département municipal de la santé et de la protection civile, sous la direction de la coordination dentaire, a établi une feuille de route pour la mise en œuvre du projet, afin de normaliser les actions, en tenant compte de l'amélioration de la qualité de vie de la population scolaire, grâce aux avantages de la promotion de la santé, sans oublier les particularités de chaque lieu.

ACTIVITÉS

- Former les ACS aux questions de santé bucco-dentaire ;
- Enregistrement de l'établissement d'enseignement (préparation du calendrier des activités, en accord avec l'ESB, l'ESF et l'établissement d'enseignement)
- Explication du programme aux chefs d'établissement, aux enseignants, au personnel et

aux parents ;

- Discussion sur le menu du déjeuner scolaire ;
- Fourniture de matériel (dentifrice, brosse à dents et fluor) ;
- Activité éducative en matière de santé bucco-dentaire (conférences, vidéos, affiches,

théâtre, etc.) ;

- Hygiène bucco-dentaire supervisée ;
- Bain de bouche avec solution fluorée ;
- Application topique du fluorure ;
- Triage en vue d'un traitement en fonction des priorités ;
- Enquête épidémiologique.

Groupe de travail intersectoriel

Nom	Origine	Numéros de téléphone	e-mail
Renata O. A. Souza	Département de la santé	(24) 2255 4626 (24) 8828 7913	coordprogramas3rios@yahoo. com.br
Luciana Alves Massi	Département de la santé	(24) 2255 4626 (24) 9200 4251	coordnasf@yahoo.com.br
Adriane Santa Rosa	Département de la santé	(24) 2255 4626 (24) 8811 3766	adrianesantarosa@oi.com.br
Amanda de Souza Santos	Département de la santé	(24) 2255 4626 (24) 8823 5451	coordenacaoesf3 rios@yahoo. com.br
Mariangela Moreira de Oliveira	Département de la santé	(24) 2255 4626 (24) 9968 8408	mmo-enf@bol.com.br
Andréa Stefani Montagnes	Secrétariat de la L'éducation	(24) 2252 6899 (24) 9824 7074	casaprofessor@yahoo.com.br
Mônica Maria de Araújo Tavares	Secrétariat de la L'éducation	2252 2811 8144 2131	mmariatavares@hotmail.com

6. L'ÉVALUATION

Le processus d'évaluation sera mené pendant le développement du projet avec des réunions mensuelles avec les acteurs impliqués de tous les secteurs, en évaluant spécifiquement le processus de formation.

Les résultats obtenus seront évalués à l'aide de données provenant de systèmes d'information tels que SIM, SINASC, SIH et SISPRENATAL, qui permettront d'analyser les améliorations obtenues grâce au projet.

À la fin du projet, une évaluation sera réalisée avec la participation de toutes les personnes impliquées.

USF	Escola Municipal	Nº Alunes	Local de escovação	Dia de Atividade	CEO	Indice	Crianças	CPO-D	Indice	Crianças
Ponte das Garças	Hermelindo A. Rosmaninho	353	Banheiro	sexta-feira	1,45	83	57	-	25	25
Caixa D' Água	São João Batista	88	Banheiro	sexta-feira	1,53	23	15	1,16	14	12
Moura Brasil	Luther King	185	Banheiro e Pia	Seg. e Sextas	2	26	13	0,53	7	13
Mãe Preta	Valmir Peçanha	398	Bebedouro	Sexta-Feira	2,54	130	51	1,76	81	46
Morada do Sol	Branca Rosa Cabral	260	Banheiro	Sexta-Feira	2,76	119	43	2,86	66	23
Pilões	Joaquim Tiburcio Junqueira	295	Banheiro	Sexta-Feira	1,13	14	13	2,03	59	29
Ponto Azul	Nossa Senhora Aparecida	196	Banheiro	Terça-feira	2	28	14	2	10	5
Cantagalo	Ibiena F. Sales		Banheiro	sexta-feira	2,21	82	28	3,25	13	4
Bemposta	Guilhermine Guerie	204	Banheiro	Terça-Feira	4	96	24	1,25	54	43
Monte Castelo	Nossa Senhora de Fatima	389	Banheiro	Sexta-feira	2,97	101	34	3,3	33	10
Pastori	Santa Luzia	359	Banheiro	Sexta-feira	4,0	56	12	2,31	51	22
Patio da Estação	Creche Amigos do Caminho	113	Pia prox ao refeit	Sexta-feira	1,6	96	60	2,42	17	7
Boa União	Jardim de Inf. Alcina Almeida	243	Banheiro	Sexta-feira	1,43	20	14			
Boa União	E. M. Alcina Almeida	488	Banheiro	Sexta-feira				2,18	164	75
Cidade Nova	Laura Silva Ribas	309	Banheiro	Quinta-Feira	1,68	37	22	2,9	32	11
Praça JK	Americo Silva	350	Banheiro	Sexta-Feira	2	8	4	3,48	171	49
Santa Terezinha	Maria das Graças Vieira	320	Banheiro	sexta-feira	4,9	74	15	3,89	74	19
Portão Vermelho	Eurildice Ferreira	110	Banheiro	Sexta-feira	4	28	7			
Itapoana	Marquês de Salamanca	133	Escola	Terça-Feira	5,1	72	14	1,3	4	3
Triângulo	ModestaSoia	376	Banheiro	sexta-feira	2,4	19	8	2,37	84	27
Puris	Leila Aparecida de Almeida	197	Banheiro	sexta-feira	2,27	41	18	2,06	23	11
Werneck Marine	Escola M. Margaretha Scholle	257	Refeitorio	Sexta-feira	2,32	65	28	1,53	20	13
Habitat										
Cariri	Creche M. Alencar Jacob									
Rua Direita	Juventino da Motta Moraes	241	Banheiro	Sexta-Feira	4,65	191	41	3,63	575	158
Total		6047			59,54	1389	535	47,24	1557	605

MÉDIA 2.48   MÉDIA 1.97

CEO aceitável com 5 anos ≤ 1.5
CPO-D aceitável aos 12 anos 3.0

54

ANNEXE 11

LA SANTÉ À L'ÉCOLE

http://portal.saude.gov.br/portal/saude/profissional/visualizar_texto.cfm?idtxt=29109

Le programme "Santé à l'école" (PSE), lancé en septembre 2008, est le fruit d'un partenariat entre les ministères de la santé et de l'éducation visant à renforcer la prévention sanitaire auprès des élèves brésiliens et à instaurer une culture de la paix dans les écoles.

Le programme est structuré en quatre blocs. Le premier consiste en une évaluation des conditions de santé, comprenant l'état nutritionnel, l'incidence précoce de l'hypertension et du diabète, la santé bucco-dentaire (contrôle des caries), l'acuité visuelle et auditive et l'évaluation psychologique de l'élève. La seconde porte sur la promotion de la santé et la prévention, qui travailleront sur les dimensions de la construction d'une culture de la paix et de la lutte contre les différentes expressions de la violence, de la consommation d'alcool, de tabac et d'autres drogues. Ce bloc aborde également l'éducation sexuelle et reproductive, ainsi que l'encouragement de l'activité physique et des pratiques corporelles.

La troisième partie du programme se concentre sur la formation continue des professionnels et des jeunes. Cette étape est placée sous la responsabilité de l'Université ouverte du Brésil du ministère de l'éducation, en interface avec les centres de télésanté du ministère de la santé, et porte sur les questions de santé et la constitution des équipes de santé qui travailleront dans les territoires PSE.

Ce dernier prévoit le suivi et l'évaluation de la santé des élèves par le biais de deux enquêtes. La première est l'enquête nationale sur la santé à l'école (Pesquisa Nacional de Saúde do Escolar - Pense), en partenariat avec l'Institut brésilien de géographie et de statistique (Instituto Brasileiro de Geografia e Estatística - IBGE), qui comprend, entre autres, tous les éléments permettant d'évaluer les conditions de santé et le profil socio-économique des écoles publiques et publiques dans les 27 capitales brésiliennes. Les résultats de cette enquête serviront de paramètres aux écoles et aux équipes de santé pour évaluer la communauté étudiante. La deuxième enquête sera la section santé du recensement scolaire (Censo da Educação Básica), qui a été développée et appliquée dans le cadre du projet Santé et prévention dans les écoles (SPE) depuis 2005. Cette enquête comprend cinq questions liées plus directement au thème des MST/sida.

Le temps d'exécution de chaque bloc sera planifié par l'équipe de santé familiale, en tenant compte de l'année scolaire et du projet politico-pédagogique de l'école. Les actions prévues dans le PSE seront suivies par une commission intersectorielle d'éducation et de santé, composée de parents, d'enseignants et de représentants de la santé, qui peuvent être des membres de l'équipe locale d'orientation.

Toutes les actions du programme peuvent être menées dans les municipalités couvertes par les équipes de santé familiale. En pratique, il s'agira d'intégrer les réseaux d'éducation et le système de santé unifié. Les communes intéressées doivent manifester leur volonté d'adhérer au programme. Un arrêté du ministère de la santé définira les critères et les moyens financiers pour y adhérer et guidera également la préparation des projets par les municipalités.

En plus de l'incitation financière, le ministère de la santé sera chargé de publier des almanachs qui seront distribués aux élèves des écoles desservies par le PSE. Le tirage pourrait atteindre 300 000 exemplaires cette année. Le ministère produira également des brochures sur les soins primaires à l'intention des 5 500 équipes de santé familiale qui travailleront dans les écoles.

Ordonnance 1.861, du 4 septembre 2008, qui définit les critères du programme et fixe les conditions d'accord des communes (format PDF | taille : 108 Kb)

Milton Keynes UK
Ingram Content Group UK Ltd.
UKHW010851280324
440101UK00001B/175